Heiner Simon
Wohin mit Nadeschda?

Heiner Simon

Wohin mit Nadeschda?

Eine Liebesgeschichte

Eugen Salzer-Verlag Heilbronn

Einbandgestaltung: Karlheinz Groß BDG
Satz und Druck: Wilhelm Röck, Weinsberg
Printed in Germany.
ISBN 3 7936 0233 8

Die Erinnerung

Er hatte den Umweg nicht eingeplant. Fünf Stunden Autofahrt lagen hinter ihm, die Kontrolle an der Grenze hatte keinen Zeitverlust gekostet. Pilsen war vor der Zeit passiert, gegen Mittag schon konnte er in Prag sein. Er fuhr einen soliden Mittelklassewagen, trug unauffällige, saloppe Kleidung, die Ärmel des Sporthemdes hochgekrempelt, die obersten Brustknöpfe geöffnet. Die Hirschlederjacke lag auf dem Beifahrersitz. Sein Name Bernhard Haussmann, das Alter auf den ersten Blick nicht auszumachen. Im Reisepaß war das Geburtsjahr zweiundzwanzig vermerkt. Umwege waren ihm seit seiner Jugend verhaßt. Er war geradlinig, nie ein Müßiggänger und steuerte besonders auf solchen Reisen das einmal gewählte Ziel ohne Zeitverlust an. Unter »solchen Reisen« verstand er, daß sie durch Gegenden führten, die er aus jener Vergangenheit kannte, die er nicht gern heraufbeschwören mochte. Er sprach von sich als einem Gegenwartsmenschen und mißtraute Erinnerungskrämern, zumal dann, wenn sie im Gegenwartsfrust Vergangenes verklärten. Sinnloser Plunder, der nur belastete . . .
Als er den Wegweiser nach Pisek sah, stoppte er, setzte zurück und nahm den Umweg über die Nebenstraße. Eigentlich mehr mechanisch, ohne etwas dabei zu denken. Was er später beim Fahren überlegte, war: Das ist schließlich kein nennenswerter Umweg. Du bist seit Stunden unterwegs, ohne Pause. Eine kurze Rast wird dir gut tun und auch deinem Wagen nicht schaden. Was sind schon ein paar Kilometer, Zeit ist noch genug.

Als er durch Pisek fuhr, wußte er, daß die Frühstückspause eine Ausrede war. Abgesehen davon, daß es bald Mittag war. Der kleine Umweg war die Straße, die er fahren mußte, zwangsläufig, entgegen seinen Prinzipien. Er suchte nach Vertrautem, das Erinnerungen aufleben lassen mochte, doch die Stadt war ihm fremd wie bei der ersten Begegnung. Damals hatte sich mit ihr nur das Glücksempfinden verbunden: der Krieg ist vorbei, du lebst, bald wirst du wieder zu Hause sein! Dieses Gefühl war oft aufgetaucht, wenn er sich des Namens dieser Stadt erinnerte. Doch nie hatten sich mit dem Namen äußere Zeichen verknüpft.

Erst als die Stadt hinter ihm lag, sah er die Zeichen. Das Waldstück. Der kleine See mit dem schmalen Zufluß, der sich hinter dem See erweiterte und später in die Moldau münden mußte. Das Wiesenland mit den gelben Kuhblumen. Der kleine Sportplatz.

Unverändert das Bild dieser Landschaft nach Jahrzehnten, ein Bild, das ihn erschauern ließ. So, als beträte er nach Jahren wieder die Kirche, um der Mitternachtsmesse zu lauschen. Nur die Birken am Osthang der Wiese, damals klein und unscheinbar, waren zu stattlicher Größe herangewachsen. Vielleicht war auch der Wald höher geworden, wenngleich das nicht auffallend war, da ein Wald als Ganzes sich auf den ersten Blick weniger verändert als einzelne Bäume. Hinter den Birken war täglich die Sonne aufgegangen. Über dem Wald hatte sie ihre Mittagshöhe erreicht. Danach war sie am See vorbei langsam abwärts geglitten. Tage des Friedens – wie heute.

Zu dieser Stunde stand die Sonne hoch im Süden über dem

Wald. Als er langsam über die Wiese zum Hang ging und den Weg, den er gegangen, zurückblickte, lag alles wieder vor ihm: die Zelte, die Wagen, die Lagerfeuer, die amerikanischen Panzer, die den Lagerplatz abriegelten, die Kameraden. Die Zeit war zurückgerastet auf den Mai des Jahres fünfundvierzig.

Bernhard zog den Birkenast über sich herunter und riß eine Gerte ab. Der junge Baum wehrte sich nicht gegen die Verletzung, doch er federte mit jähem Schwung zurück nach oben, als wolle er sich einem zweiten Versuch entziehen. Eine Birke wie diese hier stand daheim vor der Haustür. Vater hatte sie gepflanzt, als sie in das neue Haus eingezogen waren. Ein Haus gebaut, einen Baum gepflanzt und zwei Söhne gezeugt, hatte Vater lachend gesagt und die Erde festgetreten.

Wenige Monate später mußten sie hinaus in den Krieg – der Vater, die Söhne. Der ältere Bruder war gefallen, als der Krieg noch jung war. Vater war noch vor dem Ende krank heimgekehrt und hatte mit Mutter lange Jahre auf ihn, den Jüngsten, gewartet.

Eine Birke, so groß wie diese daheim, dachte er und pflückte langsam die Blätter von der Gerte. Das letzte streichelte er mit der Handfläche, als sei es kostbarer als die anderen. Er warf es weg.

»Fragst du das Orakel?« Werner, der langsam herangekommen war, sah ihn vielsagend an.

»Glaubst du an Orakel?«

»Natürlich, alter Knabe. Und mir hat das Orakel gesagt, daß es Zeit ist. Wir müssen uns entscheiden.«

»Gibt es noch etwas zu entscheiden, Freund?«
Es gab nichts zu entscheiden. Die Würfel waren gefallen, der amerikanische Oberst hatte die Flugzeugführer des Geschwaders, das dem Kapitulationsaufruf gefolgt war und dieses Sammellager aufgesucht hatte, zu sich rufen lassen und ihnen angedeutet, er werde sie alle ohne weitere Schwierigkeiten passieren lassen. Bei Einbruch der Dunkelheit würden die Panzerposten auf seinen Befehl beide Augen zudrücken. Bis Mitternacht müßten alle weg sein, ohne Waffen, selbstredend. Ab in Richtung Westen durch den Böhmerwald. »Home to the sweetheart and to the mother!« Am anderen Morgen würde der russische Verbündete das Lager übernehmen. Der Befehl dazu sei von ganz oben gekommen.
»Okay, old boy«, rief Werner aus. »Dann ist also alles klar. Aber wohin mit Nadeschda?«
Wohin mit Nadeschda? dachte Bernhard und sah an dem Freund vorbei in die Sonne. Sekundenlang hielt er ihr stand, dann schloß er geblendet die Lider. Als er sie wieder öffnete, waren die Wimpern feucht. Wie oft hatten sie sich das gefragt in diesen Monaten. Wie oft hatte er einen Ausweg gefunden, um die Russin bei sich zu behalten. Wie oft! Nun brauchte er diese Frage nicht mehr zu stellen, sie hatte sich erübrigt. Mit heiserer Stimme antwortete er:
»Vor zwei Stunden ist sie gegangen. Sie ist wohl jetzt schon bei ihren Leuten.«
»Was sagst du da? Sie hat sich abgesetzt?«
»Was denn sonst? Soll sie den Weg mit uns noch einmal zurückgehen? Wer weiß, wo er noch endet.«
Er verschwieg dem Freund, daß er gebeten und gefleht

hatte, die Russin solle bleiben und mit ihnen gehen. Sie würden das schon irgendwie schaffen, es sei ja bisher immer gutgegangen. Doch sie hatte gelächelt und den Kopf geschüttelt. Sie hatte ihm gesagt, sie wolle nun zurück in ihre Heimat, es sei Zeit. Sie dürfe nicht wieder vor denen flüchten, die ihre Sprache sprächen, zu denen sie gehöre. Und wenn ihr das Herz zerbräche, sie müsse ihn nun verlassen. Sie hatte sich an ihn gepreßt, hatte geweint und sich von ihm losgerissen. Dann war sie gegangen. Er hatte ihr nachgesehen, bis er sie nicht mehr erkennen konnte. Sie hatte sich nicht mehr umgeblickt. Er hatte Nadeschda verloren, für immer.
»Vielleicht ist es besser so«, sagte Werner und blickte nach Osten, als könne er in der Ferne noch das Russenmädchen erkennen, das mit ihnen gezogen war. »Sie werden ihr sicher keine Schwierigkeiten machen.«
»Warum auch? Sie ist eine von ihnen. Sie spricht ihre Sprache . . .« Er brach den angefangenen Satz ab, senkte den Kopf und rieb sich die Augen. »Die verdammte Sonne«, sagte er.
Sie setzten sich ins Gras und schwiegen. Im Lager herrschte ein geschäftiges Treiben. Aufbruchstimmung. Die Kameraden bereiteten die Flucht vor, alle rannten umher, packten die nötigsten Sachen zusammen und vernichteten, was sie nicht mitnehmen konnten. Fallschirme, Lederkombinationen, Uniformen, Decken flogen ins Feuer. Manche hoben am Waldrand kleine Gruben aus und verscharrten – in ölgetränkte Tücher gewickelt – Fotoapparate, Uhren, Bordkompasse, Andenken, Geld. Alle hofften sie, einmal wieder hierherzukommen, um das Zeug auszugraben. Teilnahms-

los sahen beide dem Treiben zu. Sie hatten sich längst getrennt von allem, was einmal Wert besaß. Sie wollten leicht sein auf ihrer Flucht und unbelastet diesen Ort verlassen.
Acht Tage lang hatten sie gehofft, in die Heimat entlassen zu werden. Schließlich hatten sie kapituliert und sich dem Amerikaner freiwillig in die Hände gegeben. Sie hätten sich auch mit Waffengewalt durchschlagen können. Bis zum 8. Mai hatten einige noch startklare Maschinen besessen. Welcher amerikanische Pilot hätte sich nach der Kapitulation noch auf einen Luftkampf mit einer kampferprobten Focke-Wulf 190 eingelassen? Die waren doch alle froh, mit heilen Knochen den Krieg überstanden zu haben. Doch dann hatte dieser Ami-Oberst die Katze aus dem Sack gelassen. Übergabe aller Verbände der Schörner-Armee an den Russen. Das bedeutete: ab nach Osten in die Kriegsgefangenschaft. Der Oberst hatte mit der Achsel gezuckt, hatte »sorry« und »Yalta-Beschluß« gemurmelt. Er müsse den Befehl ausführen, morgen, am zehnten Tag der Kapitulation sei die offizielle Übergabe. Nur, mit den Piloten gedenke er eine Ausnahme zu machen. Gentleman's Agreement! Sozusagen Kompensationsgeschäft, weil sie ihre Flugzeuge nicht zerstört, sondern unversehrt übergeben hätten. Weiß Gott, was er noch für Gründe hatte zu dieser Ausnahme. Vielleicht waren ihm die Germans sympathischer als der Iwan. Mit der sogenannten Waffenbrüderschaft sollte es ohnehin nicht zum besten bestellt sein. Was ging das sie an. Hauptsache, sie kamen durch. In den Wäldern sollte es tschechische Partisanen geben. Halbwüchsige, bis an die Zähne bewaffnet mit deutschen Beute-

waffen, die auf versprengte Deutsche lauerten und sie erbarmungslos niederschossen. War das ein Wunder? Jahrelang waren die Tschechen von den deutschen Besatzern wie Untermenschen behandelt worden. Sie waren voll Haß gegen die ehemaligen Herren. Schon auf dem Weg in dieses Lager hatten sie aus dem Hinterhalt auf die vorbeifahrenden Lastkraftwagen geschossen, hatten Handgranaten in die Marschkolonnen geworfen, hatten einzelne Trupps niedergemacht. Manche Kameraden, die den langen Krieg heil überstanden hatten, waren so noch umgekommen. Rache der Unterdrückten. Vermutlich hätten die Deutschen im umgekehrten Falle nicht anders gehandelt.
Nein, auf diesen Weg konnte er Nadeschda nicht mitnehmen. In diese Gefahr durfte er sie nicht hineinreißen. Was hätten die mit ihr getan! Das waren Bernhards Gedanken zu dieser Stunde am Sonnenhang der Wiese. Laut sagte er: »Es war besser für Nadeschda, daß sie ihren Weg gegangen ist. Wie mag es ihr jetzt wohl gehen?«

»Wie meinen der Herr?«
Er sah auf und erschrak. Vor ihm stand ein Tscheche, etwa in seinem Alter, lächelte ihn fragend an. Nicht Werner. Die Zeit war wieder vorgerastet.
»Sie sind Deutscher, nicht wahr?« fragte der Mann. Ohne die Antwort abzuwarten, setzte er hinzu: »Westdeutschland. Ich habe Ihr Auto gesehen, unten an der Straße. Sehr schönes Auto. Sie machen hier eine kleine Pause?«
»Ein wenig ausruhen«, antwortete Bernhard. »Ich will nach Praha, ich war müde nach der langen Reise. Ich hatte Furcht, am Steuer einzuschlafen. Deshalb bin ich von der

Straße abgebogen. Ein schönes Stück Erde ist das hier.«
»Ja. Schönes Stück Erde. Sie sagen es.«
War der Tscheche mißtrauisch? Bernhard war weit von der Straße nach Prag entfernt. Was mag einen deutschen Touristen dazu bewegen, diesen Umweg zu nehmen? Doch im Gesicht des Fremden war keine Spur von Mißtrauen. Eher freundliches Interesse darüber, hier einen Menschen anzutreffen, dem dieses Stück Erde gefiel. Wer hat es nicht gern, wenn jemand seine Heimat lobt? Dabei konnte der Tscheche dem Alter nach einer von jenen gewesen sein, die damals... Unsinn. Wenn du schon Wunden aufreißt, dachte er, so laste sie nicht andern Menschen an. Auch ihm mögen Wunden geschlagen worden sein. Doch er zeigt dir ein fröhliches Gesicht und begegnet dir, dem Deutschen, ohne Vorbehalt.
»Es wird nun Zeit für mich«, sagte er. »In Praha warten Freunde auf mich. Darf ich fragen, wohin Sie möchten?«
»Zurück in die Stadt, mein Herr. Ich war ein wenig spazierengehen. Sah dann Ihr Auto. Das machte mich neugierig, wenn Sie verzeihen wollen.«
»Darf ich Sie ein Stück mitnehmen?«
»Sehr gern. Ich bedanke mich. Ist mir eine Ehre zu fahren in dem schönen Auto.«
Unterwegs wechselten sie belanglose Worte. Im Ort stieg der Tscheche aus. Als Bernhard allein war, sah er wieder das Bild vor sich: das Lager, die Kameraden, Werner und Nadeschda, die Russin. Sie war ihm nahe wie damals, schmerzlich nahe. Es drängte ihn zurück in diese Zeit, die so fern war. Er fuhr nicht ins Goldene Prag, er fuhr in die Vergangenheit.

Die Lieder der Russinnen

Es war ein Sonntag im November des Jahres vierundvierzig, ein Sonnentag, dem ein lauwarmer Abend folgte. Die etwa vierzig Russinnen saßen und lagen im Kreis auf dem Rasen vor der Baracke und sangen die schwermütig-fröhlichen Lieder ihrer Heimat, Lieder, die er während der Zeit der Jugendbewegung kennengelernt und seither geliebt hatte. Schon ein paarmal hatte er abends den Russinnen gelauscht und heimlich mitgesummt. An diesem Tage gesellte er sich zusammen mit seinem Freund Werner zu den Singenden und stimmte in das Lied vom ›Roten Sarafan‹ ein, natürlich mit dem deutschen Text.

Näh nicht, liebes Mütterlein,
am roten Sarafan,
nutzlos wird die Arbeit sein,
will keinen Ehemann.
Bin zu jung noch, daß mein Haar
im Doppelzopf ich bind',
möchte, daß sich's manches Jahr
noch buntbebändert wind'.
Daß des Hochzeitsschleiers mich
sobald nicht möge reu'n,
daß die Burschen lange sich
noch meines Anblicks freu'n.

(Der Sarafan war das lange ärmellose Nationalgewand der russischen Frau in alten Zeiten. An seiner Herstellung und kunstvollen Ausschmückung arbeiteten die jungen Mäd-

chen jahrelang zusammen mit ihren Müttern. Der rote Sarafan sowie das gescheitelte und in zweifachem Zopf geflochtene Haar wurden von der verheirateten Frau getragen.)
Anfangs zeigten die Mädchen Mißtrauen. Es war wohl vorgekommen, daß sie sich der Aufdringlichkeiten einiger Soldaten erwehren mußten. Sie mieden daher ihre Nähe und verschwanden meist in die Baracke, wenn die Deutschen sie ansprachen. Zwar gab es auch Mädchen, die verstohlen um Brot bettelten, weil ihre Rationen karg waren, doch es war seines Wissens nie vorgekommen, daß sich ein Russenmädchen mit einem deutschen Soldaten eingelassen hatte. Nein, sie hielten sich – war es Stolz, war es Scheu? – zurück und bildeten eine Insel, zu der niemand Zugang fand. Dabei war es nicht zu übersehen, daß einige der Mädchen trotz ihrer etwas schäbigen Kleidung und der unvermeidlichen Kopftücher recht attraktiv waren und an Reiz viele der ländlichen Schönheiten, die für einen Soldaten leicht zu haben waren, übertrafen.
Das Mißtrauen schwand schnell, als Bernhard mitsang, unüberhörbarer Baß im Chor der hellen Frauenstimmen. Ja, sie sangen fröhlicher und lauter als zuvor. Im Lied schienen sie bereit, ihn und den Freund in ihren Kreis aufzunehmen. Nach zwei weiteren Liedern, auch die kannte er und konnte sie mitsingen, stimmte er plötzlich von sich aus das Wiegenlied ›Bajuschki Baju‹ an.

Schlaf mein Bub,
ich will dich loben
Bajuschki baju.

In dein Bettchen scheint von oben
Silbermond dir zu.

Doch den Text sang er in russischer Sprache, er hatte ihn als Junge gelernt, freilich, ohne die einzelnen Worte zu verstehen. Die Russinnen ließen ihn anfangs allein singen, verblüfft wohl, daß er ihre Sprache zu kennen schien. Dann summten sie im Chor mit. Als ihm bei der dritten Strophe der Text nicht mehr einfiel und er mit einer Handbewegung andeutete, daß sie ihm weiterhelfen sollten, sang eins der Mädchen die Führungsstimme, während nun sein Baß mitsummte.
Nach dem Lied drangen von allen Seiten Fragen auf ihn ein, doch in Russisch gestellt, so daß er nur mit einem bedauernden Achselzucken und den Worten »nix russisch« seine mangelnden Sprachkenntnisse andeuten konnte. Die aber vorhin die Führungsstimme gesungen, lächelte ihn freundlich an und sagte in seiner Sprache:
»Macht nix. Wir verstehen gutt deutsch. Sie lieben sehr russisches Lied?«
Er sah auf, sah ihre großen, nußbraunen Augen in einem kleinen, fast noch kindhaften Gesicht mit kecken Wangengrübchen und fühlte im selben Augenblick, daß diese Begegnung schicksalhaft sein würde. Es hat eingeschlagen, sagt man wohl. Nicht, daß er so etwas wie Liebe auf den ersten Blick fühlte, doch es ging eine Verwandlung in ihm vor, die ihn erregte und befangen machte. Noch nie, so glaubte er, hatte er in solche Augen gesehen, die fröhlich und traurig zugleich waren und von derselben Tiefe und Schönheit wie das kleine Lied, das sie eben gemeinsam

gesungen hatten. Ihm war, als ginge ein Stich durch seine Brust. Betroffen senkte er den Blick und antwortete mit leiser Stimme:
»O ja, ich habe eure Lieder gern. Es gibt keine schöneren auf der Welt. Schon als Junge habe ich sie gesungen und dazu auf meiner Balaleika gespielt. Ich kenne viele und habe euch manchmal zugehört.«
Wieder suchte er ihren Blick. Ihre braunen Augen lächelten eine Antwort, die er als Zuneigung verstand. Sie war wie ein zärtliches Streicheln. Doch es war keine Aufforderung in ihnen. Ganz sicher Wärme, Sympathie, aber zugleich Distanz, als wollten sie sagen, daß zwischen ihnen eine Welt läge, die nicht zu überbrücken war. Sie senkte schnell wieder den Blick, als schmerze sie die Zuneigung, die sie in seinen Augen las.
Die anderen Mädchen schienen nichts von dieser stummen Zwiesprache mitbekommen zu haben. Sie hatten schon ein neues Lied angestimmt, ein fröhlicheres. Sie waren wieder auf ihrer Insel, die dieses eine Mädchen verlassen hatte, ohne es jedoch zu wissen. Als die Russinnen sich bald darauf erhoben und in die Baracke gingen, denn es war dunkel geworden, draußen, fragte er nach ihrem Namen.
»Mein Name«, antwortete sie leise, »warum wollen Sie wissen?«
»Warum? Weil ich dich gern wiedersehen möchte.«
»Wiedersehen?« Sie sprach das Wort leise aus, ohne ihn dabei anzusehen. »Warum wiedersehen? Ich bin nix deutsches Mädchen. Ich bin Russin. Wiedersehen nix gutt.«
»Warum nix gutt?« fragte er und lachte sie an. »Ich mag dich sehr. Du bist schön. Wenn ich ein Mädchen mag, dann

ist es mir gleichgültig, ob sie ein deutsches, russisches, polnisches oder chinesisches Mädchen ist. Kommt es denn darauf an?«

Ein helles Lachen, ungeziert und ehrlich. Ihr Lachen machte sie noch liebenswerter. Als sie dann ihren Namen nannte, Nadeschda, bemerkte er, daß eine leichte Röte in ihr Gesicht gestiegen war. Das Grübchen in der Wange schien zu tanzen, fröhlich und unpassend zu dieser Röte, die schnell wieder verschwand.

»Nadeschda?« wiederholte er fragend.

»Nix Nadeschda. Mit jjjj, Nadeschda! Mußt weicher sprechen. Ihr Deutschen sprecht alles chart. Mußt den Mund ganz breit machen, mußt lächeln, wenn du Nadeschda sagst. So ...«

Sie unterstrich ihre phonetische Erläuterung mit einer pantomimischen Gebärde, verzog den Mund zu einem breiten Lächeln und wiederholte mit übertriebener Deutlichkeit:

»Nadjjjjeschda.«

»Nadjjjjeschda«, wiederholte er, eifrig wie ein Schüler. »Das klingt wunderschön.«

Doch es genügte ihr noch nicht. »Das jjjj ist gutt, aber das sch noch viel, viel weicher. Wie schschschena. Ach, verstehst du nix. Lieber sagen wie ... Schschournal. Nix wie Schule, verstehen, nix chart, nix sch. Ganz, weich, so: schschsch.«

Jetzt hatte er verstanden und sprach den ungewohnten, doch so schönen Namen richtig aus. »Nadeschda, bitte, darf ich dich wiedersehen?«

Eine lange Pause, ein fragender Augenaufschlag, dann ein

leises »vielleicht«. Doch hastig, als habe sie zuviel gesagt, setzte sie hinzu: »Ich nix wissen, ob gutt. Nix wissen! Aber komm, wenn wir singen am Abend. Morgen.«
»Danke«, sagte er glücklich und drückte ihre Hand, die sie ihm schnell entzog, als er sie mit beiden Händen festhalten wollte. Sie rannte zu den anderen, die in der Tür auf sie warteten. Als er sich mit Werner entfernte, hörten sie hinter sich, wie die Russinnen Nadeschda Scherzworte zuriefen und im Chor lachten.
»Mann o Mann, bei dir hat wohl der Blitz eingeschlagen?« spottete der Freund, dem Bernhards Gefühlserregung auf dem Weg zur Kaserne nicht verborgen bleiben konnte. Doch auch auf ihn schien das Russenmädchen Eindruck gemacht zu haben. Als Bernhard keine Antwort gab, bekannte er:
»Ich habe nicht geahnt, was sich da für ein Prachtstück von Weib unter diesem blöden Kopftuch verbirgt. Warum tragen die bloß immer Kopftücher, haben doch hübschere Haare als die unsrigen? Die sollte man einmal näher unter die Lupe nehmen, was meinst du? Da kann sich manch eine von unserer Rasse eine Scheibe abschneiden. Ich würde mich da glatt heranmachen, doch wie ich sehe, bist du mir um eine Nasenlänge voraus. Verrate mir auf jeden Fall, wenn du keine ernsthaften Absichten hast oder es bei ihr nicht schaffst. Dann übernehme ich den Fall und fahre mit der schweren Artillerie auf.«
»Alter Quatschkopf.«
»Selber einer.«
Beide kannten sich seit über drei Jahren, seit ihrer Pilotenausbildung in Danzig-Langfuhr. Sie verband mehr als die

übliche Kameradschaft, sie waren Freunde geworden. Sie ähnelten sich in ihrem Denken, doch Werner, der Ostpreuße, war vielleicht eine Spur sturer und skeptischer, während Bernhard, der Mitteldeutsche, viele Dinge ernster nahm und oft vom Freund auf den Boden der Tatsachen zurückgeholt werden mußte. Einig waren sie sich in ihrer laxen Auffassung vom Soldatsein. Sie fühlten sich nicht als Soldaten, sie waren Flieger. Fliegen war für sie ein Sport, dem sie sich mit Leidenschaft hingaben. Gemeinsam hatten sie die Ausbildung beendet, waren jedoch statt zur Jägerei zur Blindflugschule abkommandiert worden und hatten ihre ersten Fronteinsätze mit Transportmaschinen nach Stalingrad geflogen, wo der Krieg seine Wende nehmen sollte. Da ihnen aber diese Art von Fliegerei nicht behagte, hatten sie Unvermögen simuliert, waren eingesperrt worden und knapp einem Kriegsgerichtsverfahren entgangen. Am Ende sahen sie sich in Prenzlau wieder, wo sie auf ihre weitere fliegerische Tätigkeit überprüft werden sollten.
Das war der Sinn des Simulierens gewesen. Daß sie dabei der Hölle von Stalingrad entkommen waren, war eine Fügung des Schicksals, die ihnen erst hinterher klar geworden war. Bei der Überprüfung hatten sie sich als gute Kunstflieger ausgezeichnet und bekamen Gelegenheit, erbeutete Feindmaschinen zu testen, eine Gelegenheit, die ihnen so etwas wie den letzten Schliff gab. Später schulten sie in einem Stuka-Ersatzgeschwader auf die jagdtaugliche Focke-Wulf 190 um und waren damit am Ziel ihrer Wünsche. Denn diese Maschine »lag ihnen«, wie es in der Pilotensprache heißt. Bei Fronteinsätzen in Kurland und Ostpreußen bestanden sie ihre Bewährungsproben und

waren, nachdem sie lange Zeit wegen der Bestrafung Mannschaftsdienstgrade geblieben waren, in schneller Folge zum Unteroffizier und schließlich zum Feldwebel befördert worden. Zum Zeitpunkt des Beginns unserer Erzählung war es ihre Aufgabe, ehemalige Stukaflieger und junge Absolventen der Kriegsschule auf ihre geliebte Focke-Wulf umzuschulen. In diesem Job gedachten sie über die letzten Runden des Krieges zu kommen.

Am nächsten Abend ging Bernhard allein zur Baracke. Vor der Tür waren ein paar Russinnen mit einer Flickarbeit beschäftigt. Sie registrierten, wie der Deutsche vom Vorabend unentschlossen auf- und abging, warfen ihm ein paar Worte zu und kicherten, als er mit den Händen die Gebärde des Nichtverstehens machte. Doch eine verschwand in der Baracke. Wenige Minuten später kam Nadeschda heraus. Es war unverkennbar, daß sie sich ihren Möglichkeiten entsprechend hübsch zurechtgemacht hatte. Doch das unvermeidliche Kopftuch verdeckte auch diesmal ihre Haare, deren Schönheit er nur ahnen konnte. Wiedersehensfreude strahlte aus ihrem Gesicht, das sich wieder leicht rötete, als die anderen Mädchen etwas hinter ihr herriefen.
»Was rufen die da?« fragte er, als er sie begrüßte und ihre Hand festhielt.
»Nix. Dummes Zeug. Bedeutet nix.«
»Und warum wirst du rot?«
»Nix rot«, sagte sie und entzog ihm wieder die Hand. »Gar nix rot, du falsch sehen. Durak!«
»Durak? Was heißt Durak?«
»Cheißt Dummkopf!«

Herzliches Lachen, in das er einstimmte. Auch die Russinnen, die das Wort gehört hatten, lachten hinter ihnen her, als sie sich langsam von der Baracke entfernten. Nicht weit. Nach hundert Metern zog ihn die Russin am Arm und bat, wieder umzukehren. Sie müsse in der Nähe der Baracke bleiben, da sie sonst Ärger bekäme. So gingen sie langsam auf und ab wie bei einem Spaziergang auf der Strandpromenade. Sie gingen stumm, als hätten sie Furcht, sich in ihren Worten zu verraten. Sie wußten beide, daß da etwas war, was sie verband. Wenn er verstohlen ihre Hand berührte, wehrte sie nicht ab. Nur, wenn sie sich wieder der Baracke näherten, entzog sie ihm die Hand, die er so gern an seine Brust oder Stirn gedrückt hätte. Komisch ist das schon, dachte er. Wie ein scheuer Liebhaber in der Pennälerzeit. Er mußte bei diesem Gedanken auflachen.
»Warum lachst du?«
»Nix lachen«, antwortete er. »Brauchst nicht zu wissen, warum dein Durak lacht.«
»Warum? Bitte, mußt sagen warum, sofort.«
Wie sollte er das erklären? Er wich aus und fragte sie, woher sie so gut deutsch könne. Sie spielte ihre Kenntnisse herunter und meinte, alle Russinnen sprächen gut deutsch.
»Du sprichst besser als die anderen.«
»Nix besser. Ein wenig, vielleicht.«
»Wie hast du das gelernt?
»Nun, chabe gelernt. Bin über zwei Jahre chier in Deutschland. Zwei Jahre sind viel, viel Zeit. Zu viel Zeit.«
»Bist du denn nicht gern hier?«
»Gern chier? Du nix gutt fragen. Bist du gern in Rußland, wenn mußt arbeiten? Weit weg von zu Chause?«

»Weiß Gott, nicht«, entgegnete er und schwieg. Wie hatte er nur so töricht fragen können. War Nadeschda etwa freiwillig hier? Die Russin aber hatte ihre Frage von vorhin nicht vergessen oder wollte über dieses Thema nicht weiter sprechen. Erneut bohrte sie, warum er eben gelacht habe.
»Ich verrate es dir, aber unter einer Bedingung.«
»Bedingung? Was für Bedingung?«
»Daß ich dich küssen darf, Nadeschda.«
»Nix küssen!«
Sie entzog ihm scheinbar entrüstet die Hand und wich ein paar Schritte von seiner Seite. Nach einer Weile des Schweigens zeigte sie plötzlich auf ihre Stirn:
»Gutt, wenn küssen, dann chier. Nur chier!«
Als er sie an sich drückte bei diesem Stirnkuß, schmiegte sie sich fest an seine Brust. Nur Sekunden dauerte die Umarmung, Sekunden aber, in denen sie sich verriet. Dann riß sie sich los und sorgte für eine geziemende Entfernung zwischen sich und ihm. Sie fragte nun nicht mehr, warum er gelacht hatte. Sie schwieg, er schwieg, ihr Schweigen aber war mehr, als Worte sagen können.
Wann immer er, Wochen danach und Jahre später, an diesen ersten Spaziergang zurückdachte, wurde ihm schwer ums Herz. Zart und keusch war diese Begegnung gewesen. Alles, was sie schon damals verband, war unausgesprochen geblieben, und doch war in diesem Schweigen, in diesen leichten Berührungen, so unendlich viel Liebe gewesen, wie er sie nie wieder empfunden. So dachte er damals und heute.
Leise sagte sie, daß sie in die Baracke zurückmüsse. Es sei schon höchste Zeit. Nach acht Uhr abends dürften sie nicht

mehr im Freien sein, die Starschina müsse jede melden, die zu spät käme. Als sie sich die Hände reichten, deutete sie zu seiner Überraschung auf ihre Lippen und befahl:
»Jetzt chier!«
Er küßte ihre Lippen, die heiß und trocken waren wie bei einer Fiebernden. Nur diese kurze Berührung ließ sie zu. Als sich seine Lippen öffneten, entwand sie sich ihm blitzschnell und rannte davon. Er blieb noch lange im Dunkeln stehen und sah auf die geschlossene Barackentür. Noch drei- oder viermal trafen sie sich abends vor der Baracke. Kleine Spaziergänge, verabschiedet von den Scherzworten der Russinnen. Er erfuhr von ihr, daß dieses Spazierengehen auf Russisch ›guljatj‹ heißt. Später lernte er noch andere Worte ihrer Sprache. Er wollte sie lernen, um ihretwillen. Er ahnte damals nicht, daß diese Worte, gelehrt von der Geliebten, ihm einmal von Nutzen sein würden: als er selbst Gefangener war – in ihrem Land. Immer war mehr Schweigen zwischen ihnen als Gespräch, doch auch mehr Körpernähe als beim ersten Mal. Sie entzog ihm nicht mehr die Hand. Sie ließ es zu, daß er ihr Kopftuch abstreifte und die langen dunklen Haare streichelte. So standen sie oft lange Zeit Brust-an-Brust und freuten sich am Atem des anderen. Wenn er sie fester umarmte, riß sie sich nicht mehr los. Ihre Lippen waren auch nicht mehr trocken, wenn er sie küßte, wenngleich in diesen Küssen nie das heiße Begehren war, das er bei anderen Mädchen hatte und das er von diesen anderen erwartete. Was er von ihrem Leben erfuhr, war wenig, doch genug, um seine Phantasie zu beschäftigen.
Da lag vor seinen Augen die kleine Stadt am Ufer eines

Flusses, der seine Wasser westwärts zum Don trug, im Sommer ein schmales Rinnsal mit kleinen Ausbuchtungen, in denen es sich gut schwimmen ließ, im Frühjahr bei Schneeschmelze aber ein gewaltiger Strom, der die hölzerne Brücke und nicht selten ein kleines Holzhäuschen mit sich fortriß. Da war der Wald, in dem in alten Zeiten die Räuber hausten. Ihr Großvater, den sie Djeduschka nannte, wußte von ihnen zu erzählen, auch von den großen Kosakenatamanen Stepjan Rasin und Jemelka Pugatschow, die in Zeiten der großen Zarin Katharina für die Unterdrückten gekämpft, gewaltige Heere um sich geschart und das Zarenreich ins Wanken gebracht hatten. Beide, Stepjan, dessen Lied sie ihm vorsang, und Jemelka, dessen Beiname Jaik war, genannt nach dem Strom, der später Ural hieß, waren von ihren Anhängern verraten worden und hatten ihre Köpfe verloren. Ihre Todestage, der 16. Juni und der 21. Januar, wurden noch heute in ihrer Heimat gefeiert als Ehrentage, auch wenn es die Obrigkeit nicht gern sah und lieber die Ehrentage der Oktoberrevolution gefeiert wissen wollte. Da waren die weiten Felder mit Sonnenblumen und Kukuruz, die sich neben dem Fluß weit bis zum Don hinstreckten. Da lagen vor seinen Augen die Kirche mit den beiden bunten Zwiebeltürmen, der Park, in dem sie an Feiertagen ›guljatj‹ machten, die Schule, in der sie eifrig gelernt hatte. Sie wollte später einmal Lehrerin werden, verriet sie stolz.

Sie blühte auf, wenn sie von der Heimat erzählte, und sie erzählte so bildhaft, daß er sich alles vorstellen konnte: Ihre Mutter, die sechs Kinder großgezogen hatte, vier Söhne, älter als Nadeschda, die jüngere Schwester Valentine, die nur lachte. Am liebsten aber erzählte sie vom Djeduschka, ein schmalgliedriges Männlein mit langen weißen Haaren und einem gewaltigen Vollbart, von dem sie wohl das Fabulieren geerbt hatte. Der hatte den Kindern den Vater ersetzt, der bei einem Unfall im Walde ums Leben gekommen war, als sie noch nicht zur Schule ging. Bernhard sah den Alten auf der Ofenbank hocken und hörte ihn den Kindern Geschichten erzählen. »Mein Djeduschka«, sagte sie mit glänzenden Augen, »ist der gütigste Mensch, den es gibt auf der Welt. Ich chabe nie gechört von ihm ein chartes Wort.«

Bei ihren Erzählungen von daheim sah er gute Menschen in einem friedlichen Land, das der Krieg in wenigen Wochen jäh verändert hatte. Und er schämte sich und fühlte Mitschuld.

Wenn sie von diesen letzten Tagen und Wochen erzählte, wurden ihre Augen traurig und erschienen ihm dunkler als zuvor. Dann sah er voll Zorn, wie die Schwestern in den Waggon gestoßen wurden, sah die traurigen Augen des Großvaters am Bahnsteig, sah die verzweifelt schreiende, von harten Fäusten zurückgerissene Mutter und erkannte sich in der Uniform derer, die diesen Menschen Unrecht taten.

In Gedanken war er dabei, wie sie in geschlossenen Waggons durch Rußland, durch die Ukraine, durch Polen und Deutschland fuhren, vom Don zum Main. Wenn er gewußt hätte, daß er selbst einmal diese lange Reise in ihre Heimat als Gefangener machen mußte . . .

Sie erzählte von der Trennung der Geschwister. Sie hatten nicht einmal Zeit gehabt, sich voneinander zu verabschieden. »Valentine«, sagte sie traurig, »ob sie noch kann lachen?« Sie sprach wenig von ihrer Arbeit, mehr von den Gefährtinnen, die Gleiches und Schweres durchgemacht, die wie sie nichts von zu Hause wußten, doch stellvertretend für das verlorene Zuhause waren. Ihnen allen war die Baracke ein Ersatz für die Heimat geworden. In ihren Erzählungen, Träumen und Liedern überbrückten sie gemeinsam die Weite und gaben sich gegenseitig Trost. »Alle gutt«, versicherte sie und hatte wieder strahlende Augen. »Gutt wie Schwester zu Schwester.«

Das letzte Zusammentreffen vor der Baracke sollte ihre Beziehungen auf ganz entscheidende Weise verändern.

Als die Bomben fielen

Der Tag war klar, wolkenlos, mild, Flugwetter, doch nicht nur für die Piloten im Horst, auch für den Feind. Daß die Sirenen Voralarm meldeten, war fast das Alltägliche, niemand maß dem Bedeutung bei. Bis dahin hatten die Menschen hier kaum etwas vom Luftkrieg gespürt. Nur ein paarmal hatten sich Jabos verirrt und einzelne Gehöfte oder Bauern auf dem Feld beschossen. Die großen Pulks der viermotorigen Bomber waren stets weitergeflogen zu den größeren Städten des Landes. Auch den Vollalarm hatte niemand ernst genommen.
An diesem Tag aber spürte Bernhard beim ersten Heulton der Sirenen ein ungutes Gefühl in der Magengrube, ein angeborener Sinn für die Gefahr, der ihm oft von Nutzen gewesen war. Möglich auch, daß die ungewohnte Milde in dieser Jahreszeit seinen Instinkt alarmierte. Draußen sammelten sich lässig die Kameraden, zeigten gestikulierend zum Himmel, zählten die Flugzeuge, deren metallene Leiber in der Sonne aufblitzten, stellten Vermutungen über das Flugziel des Verbandes an und sahen keinen Grund, Schutz zu suchen. Das gewohnte Bild. Doch weit hinter der kleinen Stadt kurvten die Pulks – es waren sieben an der Zahl und in jedem Pulk dreißig Flugzeuge in drei- bis viertausend Meter Höhe – um hundertachtzig Grad ein und flogen die Stadt von Osten her an.
Als der erste Pulk über der Stadt hing, sah er die Leuchtzeichen des Leitflugzeuges, ironischerweise ›Christbäume‹ genannt.

»Die laden ab«, rief er den anderen zu.
»Aber das gilt nur der Stadt«, antwortete jemand.
»Glaubst du an den Klapperstorch? Für die paar Häuser sind sieben Pulks ein zu großer Aufwand«, konstatierte er laut. »Die lassen noch genug für uns übrig.«
Da kam auch schon der Befehl, die Keller der Kasernen, die Splittergräben oder die Einmannlöcher aufzusuchen.
»Komm wir verschwinden«, sagte er zu Werner. »Wir suchen uns am Platzrand ein Loch.«
Er suchte nicht nur ein Loch zum Verkriechen. Am südlichen Platzrand, nicht weit von einem kleinen Wäldchen, befand sich die Baracke, in der Nadeschda mit den anderen Russinnen untergebracht war. Er wollte in dieser Stunde in ihrer Nähe sein. Beide rannten los, gefolgt von mehreren Kameraden, die es ebenfalls vorzogen, in weiter Entfernung der Kasernen und Werkstätten Schutz zu suchen. Im Laufen hörten sie aus Richtung Stadt den anschwellenden Heulton der fallenden Bomben. Der erste der sieben Pulks hatte seine Last abgeladen.
Wer diesen Heulton einmal gehört hat, weiß, wie ohrenbetäubend und zugleich täuschend er ist. Diesen Ton rufen jene Bomben hervor, die seitab fallen, in sicherer Entfernung zum eigenen Standort. Noch besteht keine Gefahr, ja, Erfahrene können die Entfernung zwischen sich und dem niedergehenden Bombenteppich nach Kilometern schätzen.
Vor der Baracke traf er auf die Russinnen, die schreiend umherrannten und mit ihren Sachen, zu einem Bündel zusammengerollt, nacheinander in einem nahen Splittergraben verschwanden. Trotz des Durcheinanders erkannte er Nadeschda sofort. Sie schien ihn erwartet zu haben, denn

sie stand abseits von den anderen und blickte angstvoll in seine Richtung. Als sie ihn erkannte, lief sie ihm entgegen und rief:
»Komm, schnell in den Graben. Ich chabe gefühlt, du kommst!«
»Nicht in den Graben. Komm mit mir.«
Er faßte ihre Hand und lief mit ihr ein paar hundert Meter weiter zu den Einmannlöchern, in die sich zum Teil schon die Kameraden verkrochen hatten. Doch sie wollte sich losreißen, und er mußte sie regelrecht mit sich zerren. Sie schrie etwas von den Gefährtinnen, die sie nicht im Stich lassen wollte. Sie schien nicht zu verstehen, was er vorhatte. Vor einem freien Loch blieb er stehen und deutete nach unten: »Los! Steig dort hinein.«
»Und du?«
»Ich sehe mir das da oben an. Hab keine Furcht, wenn es gefährlich wird, komme ich schon nach. Du mußt nur die Luft einziehen, damit ich Platz finde.«
Das war nicht sein erster Luftangriff. Er hatte mehrere erlebt, im Luftschutzkeller und im Freien, und seine Erfahrungen hinter sich. Er wußte, wie man sich verhalten mußte und wie leicht der einzelne, eingepfercht zwischen anderen, der Massenangst verfallen kann. Daher hatte er seitdem stets bei Vollalarm das Weite gesucht und sich lieber in einer Erdmulde, in einem Graben oder eben in einem Einmannloch verkrochen, zwei Meter tiefe Löcher, in die ein Betonrohr eingelassen war. Sie boten den besten Schutz, wenn auch nicht gegen Volltreffer. Hier hatte er sich sicher gefühlt. Er war allein, konnte die Gefahr herankommen sehen und sich seine Chancen ausrechnen.

Noch während er mit Nadeschda, die jetzt im Loch hockte und angstvoll zu ihm aufsah, über das Feld gerannt war, hatten der zweite und dritte Pulk ihre Bomben abgeworfen. Ihr Fallen war von Mal zu Mal lauter, drohender geworden. In das Heulen hinein mischten sich zudem noch die Explosionen der vorangegangenen Bombenteppiche. In der Ferne sah er Rauch, Staub und Feuersäulen aufsteigen. Er sah auch, daß sich die Kette der Pulks dem Flugplatz näherte. Sein Gefühl hatte ihn nicht betrogen. Der Angriff galt in der Hauptsache ihnen, den Kasernen, den Hangaren, den Werkstätten, den abgestellten Flugzeugen, dem Platz, den ein gezielter Teppich für längere Zeit unbrauchbar machen konnte.

Nicht weit von ihm entfernt stand Werner vor seinem Loch, blickte wie er zum Himmel, rief ihm etwas zu. Im allgemeinen Lärm war natürlich kein Wort zu verstehen, doch er wußte ohnehin, was der Freund sagen wollte.

Noch zweimal, beim vierten und fünften Pulk, die ersten drei, ledig ihrer vernichtenden Last, waren bereits über ihnen oder schon vorbeigeflogen, hörte er den Heulton der seitab fallenden Bomben. Nun aber so ohrenbetäubend und sinnestäuschend, daß man glauben mußte, mitten in dieser Hölle zu stecken, die noch zwei, drei Kilometer brauchte, um sie zu erreichen. Die bereits in den Löchern Schutz gesucht hatten, nicht nach oben sahen oder ohne Erfahrung waren, mußten die Gewißheit haben, daß es schon die Hölle war.

Die Bombenlast des vierten und fünften Pulks hatte das Hangar-Gelände, einen Teil der abgestellten Flugzeuge und die Kasernen getroffen. Dieser Teil des Flugplatzes war eine

einzige Wolke von Rauch, Feuer und Staub. Das Bild der Zerstörung, mehr aber der Lärm der Explosionen und das Heulen der Bomben, nun nicht mehr voneinander abzugrenzen, war so infernalisch, daß ein paar Kameraden verstört ihre Einmannlöcher verließen, um im nahen Wald oder noch weiter weg einen vermeintlich besseren Schutz zu suchen. Ein viel zu später Entschluß, in der Ungewißheit der Angst geboren! Die Männer liefen davon wie Hühner vor einem heranfahrenden Auto, im blinden Instinkt der Kreatur. Er schrie ihnen zu, in den Löchern zu bleiben, doch sein Schreien verstand keiner mehr und seinen Handbewegungen gehorchten nur ein paar. Die anderen liefen in ihr Verderben, wie sich später herausstellen sollte. Er und der Freund aber standen noch immer vor ihren Löchern und beobachteten, was auf sie zukam. Das war nicht Mut, nein, nur Wissenwollen, was geschehen sollte.
Beim fünften Teppich verlor auch Nadeschda die Nerven. Sie wollte schreiend aus dem Loch klettern und davonrennen. Wäre er nicht gewesen, die Bomben des sechsten Pulks hätten sie zerrissen. Er stieß sie mit den Händen zurück und mußte ihr dabei weh tun, sonst hätte sie nicht mehr gehorcht. Er schrie sie an zu bleiben. Sie schrie auf Russisch etwas zurück, als habe sie in der Todesgefahr vergessen, daß er eine andere Sprache redete.
Er sah wieder nach oben und sah in den Tod. Der sechste Pulk hing genau über ihm. Es herrschte völlige Windstille. Er wußte, wie die Bomben fallen würden. In einer ihm noch hinterher unerklärbaren Mischung von Staunen und Furcht nahm er den Geschehensablauf der folgenden Sekunden wahr. Er sah deutlich, wie sich die Schächte am Rumpf der

Flugzeuge öffneten. Fast mutete es lächerlich an, dieses Herauspurzeln der Bomben, ihr zuerst stärkeres, dann schwächeres Pendeln, ihr wedelndes Fallen. Er mußte an Kinderspielzeug denken. Er wußte, daß er das Heulen dieser Bomben nicht hören konnte, da sie direkt fielen, doch nun wunderte er sich mit einem Mal, daß er es nicht hörte. Nur dieses beinahe zarte Pfeifen konnte er ausmachen, das sich mit den Lippen nachahmen ließ. Dieses Pfeifen wurde in Sekundenschnelle schneidender, greller, jetzt wirklich dem Dampfkessel ähnlich, riß dann jäh ab.

Bevor der Pfeifton abgerissen war, hatten ihn die letzten Eindrücke erstarren lassen. Nicht mehr mit Staunen, sondern mit Entsetzen nahm er wahr, wie der Teppich, klein am Anfang, rasend schnell größere Ausmaße annahm und den Himmel zu verdecken schien, was natürlich eine Sinnestäuschung war. Die einzelne Bombe in der Teppichmitte schien allein ihm zu gelten. Er konnte auf ihr jede Schweißnaht, jede Kerbe, jede Fuge, die kleine Spitze, zwei Zeichen an der Kuppe überdeutlich erkennen. Beinahe hätte auch ihm der trügerische Instinkt befohlen, noch wegzurennen. Doch dazu wäre er nicht in der Lage gewesen, er starrte vielmehr wie gelähmt nach oben, klein, schutzlos im Zentrum des sechsten Teppichs, dessen Bomben heranschossen, von keinem Windzug, von keiner schützenden Hand abgelenkt.

Im Moment, als der Pfeifton abgerissen war, stand er schon Brust-an-Brust mit Nadeschda, die ihn fest umklammerte und ihren Kopf an seine Brust preßte, im Einmannloch. Er schloß die Augen, riß aber noch die Arme hoch, seinen Kopf abschirmend. Als könnten zwei Arme einer Bombe stand-

halten! Und schrie diese Worte hinaus: ICH WILL LEBEN! Drei Worte in einem Schrei, den seine Ohren nicht wahrnahmen. Nur im Unterbewußtsein spürte er die Explosion und das Beben der Erde.
Die Sequenz des Schreckens vom Öffnen der Bombenschächte bis zur Explosion und dem Beben der Erde hatte er im Sekundenablauf bewußt wahrgenommen. Was danach kam, konnte er später nur bruchstückhaft zusammensetzen. Im ersten Schock hatte er nur ein höllisches Durcheinander ausgemacht. Die rekonstruierte Reihenfolge war diese: Er lebte und war unversehrt. In seinem Rücken spürte er die eingekrallten Fingernägel Nadeschdas. Über ihm lastete die aufgeworfene Erde. Er rang vergeblich nach Luft. Seine Hände, die er zuvor hochgerissen hatte, wühlten in diese Erde hinein und griffen ins Freie. Ein Gedankenblitz: wenn du die Hände unten gelassen hättest, wären sie, von der Last der aufgeschütteten Erde gefesselt, nicht fähig, dich zu befreien. Er konnte atmen, auch wenn mehr Staub und Schwefel in seine Lungen drang als Sauerstoff. Er öffnete die Augen, die nichts mehr sahen, nur Schwärze. Erst als sich diese Schwärze verzogen hatte – Sekunden? Minuten? – und mit ihr der Schwefelgeruch der Hölle, wußte er, daß er nicht blind war, wie er zuerst meinen mußte. Bevor er sich um Nadeschda kümmern konnte, die wie leblos an ihm hing, hörte er das Heulen des siebten Teppichs. Er hätte sich ausrechnen können, daß dieser Teppich nicht ihm galt, da ja das Heulen von den seitab fallenden Bomben herrührte, doch er war nicht mehr fähig, in diesen Sekunden zu rechnen oder sich seiner Erfahrung zu erinnern. Vielmehr verkroch er sich wieder tiefer in das

Loch, das Ende erwartend. Er spürte nicht einmal mehr bewußt die nachfolgenden Detonationen.
Als er dann aber begriff, daß auch der letzte Pulk abgeladen hatte, stieg er aus dem Einmannloch und zog Nadeschda heraus. Das fiel ihm schwer, da sie nicht mithelfen konnte. Er sah erschrocken ihr kleines Gesicht, das alt, grau und schmutzig wirkte. Er schüttelte sie, schrie sie an, drückte sie an die Brust, bis er endlich spürte, daß sie atmete. Während er noch das verzerrte Gesicht rieb, aus dem ihn die weit aufgerissenen Augen anstarrten, ohne ihn zu erkennen, hörte er neben sich eine Stimme:
»Mann o Mann! Und ich dachte schon, es hätte dich erwischt!«
Worte wie aus einer anderen Welt. Er kannte die Stimme, doch erst, als er aufsah, begriff er, daß Werner gesprochen hatte. Der Freund brachte es in diesem Augenblick fertig, ihn anzugrinsen.
Das riß ihn vollends in die Wirklichkeit zurück. Er rief Nadeschda zu, hier zu bleiben und auf ihn zu warten. Dann rannte er mit Werner zu den anderen Löchern, deren ungefähre Lage sie kannten, auch wenn der Bombenteppich alles verändert hatte. Jetzt war schnelle Hilfe nötig, denn wie ihn konnte die aufgewühlte Erde auch andere unter sich begraben haben, die nicht die Kraft hatten, sich selbst zu befreien. Es stellte sich aber heraus, daß alle Kameraden, die in den Einmannlöchern Schutz gesucht hatten, lebten und unverletzt waren. Nur drei Löcher hatten Volltreffer abbekommen oder waren von zu nahe gefallenen Bomben trotz ihres Betonmantels eingedrückt worden. Es war nicht mehr auszumachen, ob da noch jemand unter der Erde steckte. Es

wäre auch sinnlos gewesen, nach ihnen zu suchen. Zwei Verschüttete grub er mit den Händen aus, die Wiederbelebungsversuche hatten Erfolg. Die noch im letzten Augenblick ihre Löcher verlassen hatten, waren von den Bomben zerrissen. In der Ferne brannten Flugzeuge und der große Hangar. Über den Kasernen hing noch immer eine Wolke von Staub und Rauch. In der Nähe, zu ihrer Linken, brannte lichterloh die Baracke der Russinnen.

»Hier ist nichts mehr zu wollen«, sagte Werner. »Wir laufen zu den Kasernen, da wird einiges für uns zu tun sein. Bin gespannt, ob unsere Bude noch steht.«

»Ich kümmere mich um Nadeschda«, antwortete er.

»In Ordnung. Gut, daß du sie da weggeholt hast. Der letzte Teppich hat dort wohl nicht viel übrig gelassen. Der Schutzgraben und die Baracke lagen genau im Zentrum. So ein Wahnsinn, ein ganzer Bombenteppich für eine Baracke und einen Luftschutzgraben. Unerhört kriegswichtig!«

Bernhard lief zum Einmannloch zurück. Nadeschda war nicht zu sehen. Er rief, suchte und fand sie schließlich in der Nähe der brennenden Baracke, wo sie wohl nach ihren Gefährtinnen suchen wollte. Sie hörte nicht auf seinen Anruf. Klein, gebeugt, beide Hände an die Ohren gepreßt, stand sie vor etwas, das am Boden lag. Sie starrte und schrie, als habe sie den Verstand verloren. Als er erkannte, auf was sie starrte, stockte ihm der Atem. Vor ihr auf der Erde lag eine abgerissene Wange mit einem Ohr, an dem ein kleiner Ring steckte. Das Stück eines Menschen. Graues Fleisch, als wäre nie Blut in ihm gewesen.

Er zog Nadeschda an sich, riß ihr die Hände von den Ohren, brüllte sie an. Doch sie suchte wieder und wieder mit den aufgerissenen Augen das Stück Fleisch. Erst als er kräftig ihre Schultern rüttelte und ihr schließlich eine Ohrfeige gab, sah sie ihn verstört an, erkannte ihn, zeigte auf die Erde und sagte etwas in russischer Sprache. Er verstand nur einen Namen, Lydia.

»Komm, Nadeschda«, sagte er. »Komm mit mir!«

Widerstrebend zuerst ließ sie sich führen, ging dann von allein schneller, blieb noch einmal stehen, sah nach hinten und sagte, nun aber auf Deutsch:

»Ich nie wieder zurück. Nie wieder zurück. Ich nix können wieder zurück.«

»Das sollst du auch nicht, komm mit mir.«

Plötzlich warf sie sich an seine Brust und umschlang ihn fest mit beiden Armen. Hemmungslos brachen die Tränen aus ihren Augen. Sie wuschen Spuren in ihr Gesicht, auf dem sich Erde und Staub verkrustet hatten. Er mußte lächeln über diesen seltsamen Anblick, nahm sein Taschentuch und rieb ihr sanft das Gesicht sauber, während die Tränen nachspülten. Gut, daß sie weinen kann, dachte er. Tränen können manche Last wegschwemmen. Wie sagte Mutter immer, als er noch Kind war? Weine nur, mein Junge, Tränen sind wie Regen nach dem Gewitter. Hinterher wächst dann alles besser.

Nadeschda sagte nach einer Weile: »Du chast mich gerettet. Mein Leben chast du gerettet.« Dann zeigte sie noch einmal nach hinten: »Das da, das war Lydia. Meine Freundin. Bitte, mußt versprechen, ich nix mehr zurück!«

Er drückte sie fest an sich, sah, daß die Tränen versiegt waren und sagte: »Nie wieder, kleine Nadeschda. Ich nehme dich mit, du bleibst bei mir.«

Sie gingen zu den Kasernen, wo ein wildes Durcheinander herrschte. Kaum jemand nahm sie wahr. Aber schon von weitem konnte er erkennen, daß sein Wohntrakt unversehrt geblieben war. Er brachte Nadeschda auf sein Zimmer, das er mit Werner teilte, zeigte ihr, wo sie sich waschen konnte und wies auf eins der beiden Betten:
»Dort legst du dich nach dem Waschen hin und ruhst dich aus. Versuche, nicht mehr an das alles zu denken. Mach die Augen zu und schlafe. Aber laufe um Himmels willen nicht wieder weg.«
»Nix weglaufen. Chier bleiben. Bei dir. Ich verspreche.«
Beruhigt ließ er sie allein und beteiligte sich mit den anderen an den Aufräumungsarbeiten. In einem Trakt war der Luftschutzkeller verschüttet, sie mußten die Kameraden freischaufeln. Es zeigte sich jedoch, daß die Verluste nur gering waren. Überhaupt hatte der Luftangriff wenig ausgerichtet, gemessen am Aufwand. Über zweihundert Bomber! In der Stadt waren der Bahnhof und einige Häuser zerstört, die Zivilbevölkerung beklagte zwanzig Tote. Von den Kasernen war nur ein Trakt unbrauchbar, die anderen Gebäudeschäden waren unerheblich. Sechs Flugzeuge hatten nur noch Schrottwert. Der große Hangar, der zur Zeit des Angriffs völlig leer gewesen war, hatte mehrere Volltreffer abbekommen. Im Bereich des Fliegerhorstes wurden achtzehn Tote und ebensoviele Schwerverletzte gezählt. Die Rollbahnen hatten nur am südlichen Platzrand, dort, wo Bernhard und Werner Schutz gesucht hatten, Schäden aufzuweisen, die jedoch schnell zu reparieren waren. Der Flugbetrieb hätte noch am gleichen Tage wieder aufgenommen werden können.

Von den über vierzig russischen Arbeiterinnen waren nur acht am Leben geblieben, ein für die Statistik unerheblicher Sachverhalt. Bernhard erfuhr davon erst auf Umwegen, da die überlebenden Fremdarbeiterinnen aus Rußland an einen unbekannten Ort verlegt worden waren.

Mädchen in Uniform

Nach den Aufräumungsarbeiten gingen die Freunde langsam zu ihrem Kasernentrakt. In der Luft hing noch immer der Geruch nach Schwefel und Verbranntem. Bernhard dachte nicht mehr an das Zurückliegende, für ihn zählte jetzt nur das eine – Nadeschda, die in seinem Zimmer auf ihn wartete. Werner fühlte, was den Freund bewegte.
»Wie hat sie den Angriff verkraftet?« fragte er.
»Besser, als ich erwartet habe. Anfangs dachte ich, sie würde durchdrehen, doch nachdem sie sich ausgeweint hatte, machte sie einen gefaßten Eindruck.«
»Na schön. Und wie soll es nun weitergehen mit euch beiden? Wohin mit Nadeschda?«
Die Frage hatte Bernhard sich selbst noch nicht gestellt. Er hatte Nadeschda wie selbstverständlich aus ihrem Kreis, den es nun nicht mehr gab, herausgeholt und in seine Obhut genommen. Er hatte sich dabei ganz von seiner Zuneigung leiten lassen, ohne nachzudenken, wie es weitergehen sollte. Nun erst wurde ihm bewußt, was da auf ihn zugekommen war. Wie sollte es weitergehen? Eigentlich war sie ja nicht mehr vorhanden, dachte er. Auf der Liste, die ihre Existenz erfaßt hatte, war sie gestrichen wie die anderen Russinnen, die dem Angriff zum Opfer gefallen waren. Aber sie lebte, und er trug nun die Verantwortung. Konnte er einen Menschen verbergen in einer Zeit, die jeden erfaßte, in der niemand ohne Ausweis und ohne Nachweis einer Tätigkeit leben durfte? Als Werner die Frage stellte, fühlte er auf einmal, welche Last da auf ihm ruhte.

»Um ehrlich zu sein, ich weiß es nicht. Jetzt liegt sie erstmal in meinem Bett und schläft vermutlich.«
»Nun, das war wohl auch dein Wunsch.«
»Auf diese Art sollte es nicht geschehen, bestimmt nicht.«
»Na und? Viele Wege führen ins Bett.«
»Hör auf mit dieser Landserphilosophie!«
»Schon gut, schon gut. Ich wollte deine edlen Gefühle nicht verletzen. Aber wie soll's nun weitergehen? Du kannst sie ja nicht unter der Bettdecke versteckt halten.«
»Was würdest du denn tun?«
»Ich? Weiß nicht. Ist auch nicht mein Bier.«
»Aber du bist mein Freund.«
»Mann o Mann, wenn du so fragst! Also, vorerst ist sie einmal sicher. In unsere Bude wagt sich kein UvD. Meinetwegen kannst du sie dort lassen, ich verziehe mich solange in ein anderes Zimmer. Du weißt allerdings, daß wir jeden Tag abkommandiert werden können, wahrscheinlich Richtung Osten.«
Natürlich wußte Bernhard das. Sie hatten inzwischen ihr Zimmer betreten und betrachteten die Russin, die fest in Bernhards Bett schlief. Sie lag auf der Seite, hatte die Decke bis an die Nasenspitze gezogen. Ihre langen Haare hingen vom Bett herab und reichten fast bis auf den Boden. Sie waren feucht und glänzten frisch.
»Wie eine Märchenprinzessin«, sagte Werner staunend, jetzt ohne eine Spur von Spott.
Bernhard zog vorsichtig die Decke über ihre Füße und fühlte mit der Hand ihre Stirn. Die Schlafende fieberte nicht. Sie hatte also anscheinend wirklich alles gut überstanden.

»Glaubst du«, flüsterte er, ohne den Blick von ihr zu lassen, »ich würde dieses Menschenkind je im Stich lassen?«
»Verlangt ja keiner von dir.«
»Also, was meinst du? Was soll ich tun?«
»Wenn ich du wäre, würde ich sie erst einmal in eine Uniform stecken. Da fällt sie überhaupt nicht auf. Du hast doch von dem jungen Russen in der Fünften gehört?«
»Du meinst den Alexander?«
»Eben den. Den haben die Kumpels bei Riga aufgelesen. Trieb sich herum, hatte Haus und Eltern verloren. Sie nahmen ihn einfach mit, und seitdem ist er so etwas wie ein lebendes Inventarstück geworden. Spielt den Burschen für das fliegende Personal der Staffel.«
»Mann, Werner! Das ist eine Bombenidee.«
»Fang nicht wieder von Bomben an!«
»Einkleiden! Wir machen einfach einen Flieger aus ihr. Natürlich müssen wir die langen Haare stutzen.«
»Klar, auch wenn es schwer fällt. Oben herum hat sie allerdings einiges vorzuweisen wie alle Russinnen.«
»Die Uniformjacke wird das schon verdecken.«
Er ging zuerst in den Duschraum. Da war allerhand Dreck, Staub und Schweiß herunterzuwaschen. Zurück im Zimmer machte er sich fertig zum Schlafen, blieb jedoch auf dem Stuhl vor ihrem Bett sitzen und betrachtete die Schlafende. Trotz der Ereignisse des Tages atmete sie ruhig und gleichmäßig. Sie wachte auch nicht auf, als er ihr Gesicht, um es besser im Blick zu haben, von der Decke freimachte. Es drängte ihn, dieses gute Gesicht zu berühren, die leicht geöffneten Lippen, das Grübchen, die Ohren und die Stirn mit den Fingerspitzen zu liebkosen, doch er

unterdrückte diesen Wunsch. Diesen Schlaf der Erschöpfung und der Unschuld darfst du nicht stören, sagte er sich. Mußt du nicht geduldig sein, da sie sich vertrauensvoll in deine Hände begeben hat? So schlief er im Sitzen ein und im Einschlafen wunderte er sich darüber, daß die Minuten des Schreckens weniger in ihm nachhallten als jene Minuten, in denen er Nadeschda betrachtet hatte, aber frei davon gewesen war, sie zu begehren und anzutasten.

Die Verwandlung der Russin in einen Soldaten der Luftwaffe verlief unkomplizierter als erwartet. Sie erwachte am Morgen noch vor ihm, rüttelte ihn wach und schimpfte in gespielter Strenge, weil er sich nicht ins Bett gelegt hatte. »Nix gutt auf Stuhl schlafen. Du müde und kaputt!« Dann umarmte und küßte sie ihn. Ihr Wesen war unverändert, als habe es den gestrigen Tag nicht gegeben oder als habe sie ihn ausgelöscht aus ihrem Gedächtnis. Ihn erstaunte ihre Unbekümmertheit, mit der sie von ihm Aufschlüsse über gewisse Notwendigkeiten verlangte. Er zeigte ihr seinen Spind, in dem es zu essen und zu trinken gab, die Waschgelegenheit im Zimmer hatte sie bereits in seiner Gegenwart ungezwungen wahrgenommen. Er informierte sie auch über den Duschraum und die Toilette und zu welchen Zeiten sie dort ungestört sein würde.
Über seinen Plan sprach er gleich nach dem Frühstück mit dem Hauptfeldwebel, der zunächst abwehrend knurrte: »Du bist mir ja ein schöner Luftikus. Schließlich sind wir hier ein Männerhaufen, der gerät mir völlig aus den Fugen, wenn einer aus der Reihe tanzt. Wenn nun jeder... Weiß der Alte schon davon?«

»Den lassen wir erst einmal aus dem Spiel. Du bist ja wohl hier der Herrscher aller Reußen, der Staffelkapitän spielt nur eine Nebenrolle. Für die Herren Offiziere ist unser Haufen ohnehin nur Durchgangsstation, die sind zufrieden, wenn wir sie zuerst grüßen. Sind ja schließlich nicht bei der Infanterie!«
»Da hast du auch recht«, murmelte der Spieß ein wenig geschmeichelt und gab seine Zustimmung zur Einkleidung. Beim Kammerunteroffizier versorgte er sich mit Uniform, Mantel, Drillichzeug und allem, was nötig war, einen Soldaten auszustaffieren. Selbst Gasmaske und Stahlhelm fehlten nicht. Obgleich er von den Schuhen bis zum Käppi die kleinsten Nummern ausgesucht hatte, die es in der Kammer gab, mußten er und Nadeschda herzlich lachen, als sie alles anprobierte. Daß ihr der Stahlhelm auf der Nase hing, war noch das wenigste. Die Sachen aber schlotterten nur so an ihren Gliedern, und mit den Schuhen erinnerte sie an Charly Chaplin. Doch sie nahm Nadel, Faden und Schere, handhabte alles mit großem Geschick, so daß ihr am Abend die Klamotten wie angeschneidert paßten. Am besten gefiel ihr das Käppi, das sie keck und schief auf dem Kopf gestülpt trug und Pilotka nannte. Sie gefiel sich selbst so gut, daß sie unbedingt mit ihm einen Spaziergang machen wollte.
»Nix guljatj«, sagte er scherzend und holte den Friseur auf sein Zimmer, der erstaunt das Mädchen in Uniform musterte, sich dann jedoch achselzuckend, aber mit sichtbarem Vergnügen an die Arbeit machte.
»Schade um das prachtvolle lange Haar«, sagte er bedauernd. »Sie müssen nämlich wissen, Herr Feldwebel, ich bin

eigentlich Damenfriseur. Nach dieser täglichen Null-acht-fünfzehn-Schneiderei macht mir diese Arbeit doppelte Freude. Dann werden wir mal einen Schnitt hinlegen, mit dem sich die Dame auf der Kö sehenlassen kann.«

Das hätte sie können! Der Fassonschnitt stand Nadeschda so gut zu Gesicht, daß sie nicht mehr vom Spiegel wegwollte. Als sie hinterher im abendlichen Dunkel doch noch einen kleinen Spaziergang machten, er dabei auf dem langen Flur von einigen Soldaten gegrüßt wurde, führte sie strahlend die rechte Hand ans Käppi und grüßte zurück. Nicht einmal ein verwunderter Seitenblick traf sie, so echt wirkte Nadeschda als junger Flieger. Nur, als sie den Arm in seinen legen wollte, wehrte er lachend ab.

»Das müssen wir uns verkneifen, Kleines. Sonst halten mich die anderen für schwul.«

»Was ist schwul?«

»Wenn ein Mann einen anderen Mann liebt. Und du bist jetzt ein Mann.«

»Oh, du nix schwul, ich wissen«, sagte sie lachend, brachte ihn von da an aber nicht mehr in Verlegenheit.

Später saßen sie allein im Zimmer. Er zeigte ihr Bilder, erzählte von seinem Zuhause. »Wenn das alles einmal vorüber ist, wirst du Vater und Mutter kennenlernen. Sie werden dich genauso in ihr Herz schließen wie ich. Mutter habe ich schon im letzten Brief von dir erzählt.«

»Kann ich nix meiner Mutter schreiben«, antwortete sie und hatte wieder Tränen in den Augen. »Nix wissen, ob leben. War viel Krieg dort, viel kaputt.«

»Jetzt ist dort kein Krieg mehr. Bei dir zu Hause ist alles wieder friedlich geworden. Ihr habt ja die Deutschen aus eurem Land geworfen. Bald wirst auch du schreiben können. Es kann nicht mehr lange dauern, dann ist überall Frieden.«

Sie nahm seine Hände und drückte sie an ihre Brust. Dann sagte sie ernst: »Warum ihr seid gekommen in meine Cheimat?«

Zuerst war er sprachlos über diese Frage. Ja, warum? Wie sollte er da antworten?

»Glaubst du denn, Nadeschda, wir haben das alles gewollt? Der kleine Mann will nie den Krieg, doch die Großen lassen uns nicht in Frieden leben. Das war wohl immer so.«

»Nix gutt! Der kleine Mann sehr dumm. Läßt sich alles gefallen. Stalin nix gutt, Chitler nix gutt.«

»Das ist eine einfache Formel. Ich glaube, viele denken wie du. Und dennoch sind die Deutschen Hitler nachgelaufen wie die Russen Stalin. Oder seid ihr nicht brave Kommunisten und gehorcht eurem Stalin, auch wenn du jetzt sagst, er sei nix gutt?«

»Du das falsch sehen«, antwortete Nadeschda. Sie war nun sehr ernst geworden, ihre Augen wirkten dunkler und nachdenklicher. »Kommunist gutt, aber Kommunist und Stalin, das zwei Dinge. Chier das eine, da das andere. Auch Lenin gutt. Chat Rußland frei gemacht. Alle chaben Arbeit, alle chaben genug Essen. Alle gern Kommunist. Stalin nix gutt. Viel Soldaten, Panzer, Kanonen, wenig Brot für Menschen. Und alle viel Angst. Lenin war Freund von Deutschland. Mit Lenin nix Krieg. Kommunist will nix Krieg. Nur Chitler und Stalin. Du verstehen?«

»Ich verstehe dich schon, Nadeschda. Bleibe nur bei deiner Philosophie, doch erzähle sie nicht jedem. Auch bei uns wollen die Menschen keinen Krieg, und unsere Kommunisten haben heimlich die Parole ›Hitler bedeutet Krieg‹ an die Wände geschrieben, als die braven Bürger schliefen. Ich erinnere mich noch genau, habe es natürlich als Junge nicht verstanden.«

»Siehst du, Kommunist nix Krieg.«

»Aber die anderen haben sich einfangen lassen.«

»Wie Maus in der Falle!«

»Wie eine Maus in der Falle, ganz richtig. Doch die kluge Maus läßt sich nicht noch einmal mit Speck fangen. In Deutschland faßt bestimmt kein Mensch wieder ein Gewehr an, wenn dieser Spuk erst vorbei ist. Aus Schaden wird man klug. Warte nur, bald ist auch dieser Krieg vorüber.«

»Ich müde, sehr müde«, sagte Nadeschda und gähnte. »Wir schlafen.«

Als er das Bett aufsuchen wollte, wies sie mit der Hand auf das andere, in dem sie die letzte Nacht geschlafen hatte. »Du chier! Nadeschda nix allein schlafen.«

Eine unmißverständliche Aufforderung. Insgeheim hatte er das erhofft. Doch er hatte nicht gewagt, den Anfang zu machen. Nun forderte sie ihn selbst auf und tat, als sei es das Selbstverständlichste. Sie zog aber zugleich eine Grenze, die ihn verwunderte und wohl auch ein wenig enttäuschte. Erst als er den Sinn begriff, verlor sich die Enttäuschung. Im gleichen Maße aber wuchs seine Zuneigung und Achtung. Sie kuschelte sich im Bett an ihn, streichelte ihn, küßte ihn zärtlich. Sie ließ es zu, daß er seine Hand auf ihre feste Brust legte, unter der ihr Herz pochte. Doch als er die Hand löste und suchend abwärts wandern ließ, zog Nadeschda sie sanft zurück und flüsterte:

»Bitte, nicht. Du mich lieben, ich dich lieben, viel lieben. Aber nicht das – du verstehen?«
Im ersten Augenblick war er betroffen. Doch dann mußte er lächeln. Er küßte sie und antwortete:
»Ich verstehe.«
»Danke. Du bist so gutt. Wir noch warten. Später.«
»Wenn du meine Frau bist.«
Sie legte ihren Kopf an seine Brust und streichelte seine Stirn. Wieder fühlte er Tränen in ihren Augen und hatte das Bedürfnis, die Tränen wegzuküssen. Doch Nadeschda war in dieser Lage schon eingeschlafen.
Seine Augen blieben offen. Er konnte nicht einschlafen, er mußte nachdenken über dieses Mädchen, das er im Arm hielt, dessen Wärme ihm so gut tat. Mit welcher Natürlichkeit hatte sie ihn an die Grenze erinnert, die zwischen ihnen wohl noch sein mußte.

Es folgten Tage, die den Liebenden viel Zeit füreinander ließen. Er hatte wenig Dienst in diesen Adventwochen, die ersten Schnee brachten. Nur ein, zwei Flugstunden am Tag, Kunstflug in der Rotte oder im Schwarm, Wolkenzirkus genannt, bei dem es für die Flugschüler, die hinter oder neben ihm herflogen, darauf ankam, jeder Bewegung, die er mit seiner Maschine ausführte, zu folgen. Letzter Schliff für kommende Luftkämpfe. Nur wer den Wolkenzirkus beherrschte, war später in der Lage, in der äußersten Gefahr feindlichen Jägern zu entkommen oder selbst im Luftkampf die Abschußposition zu finden. Für ihn war der Wolkenzirkus immer das Schönste an der Fliegerei gewesen. Doch der Flugbetrieb mußte mehr und mehr eingeschränkt werden, da die Luftlage immer bedrohlicher wurde. Beinahe zu jeder Tagesstunde waren feindliche Jäger unterwegs, für die Flugschüler ein leichtes Opfer gewesen wären. Die Verlegung der Einheit war eine Frage der Zeit. Es kursierte das Gerücht, daß sie nach Schlesien verlegt werden sollten, wo der Russe sich anschickte, die Oder zu überschreiten. Nur an der Ostfront herrschte für Jagd- und Schlachtflieger noch ein gewisses Gleichgewicht der Kräfte. Im Westen beherrschte der Feind den Luftraum.

Jeden Tag staunte er aufs neue, wie gut sich Nadeschda dem Leben in der Kaserne anpaßte. Ihre Gegenwart sprach sich in der Staffel schnell herum. Man ging jedoch bald zur Tagesordnung über, wenn auch ein gewisses Augenzwinkern wie versteckte Anspielungen auf ihr Verhältnis dazugehörten. Schließlich lebte man unter Männern. Doch all das ließ ebenso schnell nach, da die Russin mit ihrem offenen und natürlichen Wesen jeder Zweideutigkeit die Spitze abzubiegen verstand. Auch der Staffelkapitän, der Alte, hatte Wind bekommen, doch er gehörte zu denen, die ausklammerten, was in ihre Entscheidungsbefugnis gehörte. Er hielt es für besser, den neuen Sachverhalt zu ignorieren und mochte denken, daß er nicht lange anhielt.

Im Zusammensein mit Bernhard, auf der Stube und bei Spaziergängen, die jedoch nie dorthin führten, wo einmal ihre Baracke gestanden hatte, verbesserten sich zusehends Nadeschdas Wortschatz und Aussprache des Deutschen. Natürlich behielt sie ihren Akzent, der aus ihrem Munde so liebenswert klang, doch fast spielend beherrschte sie schon nach wenigen Wochen die Syntax. Sie reihte nicht mehr Worte aneinander, sondern bildete längere Sätze, in denen auch die Zeiten stimmten. Auch deutsch zu lesen und zu schreiben beherrschte sie bald, hatte allerdings die Anfangsgründe bereits in ihrer Schulzeit mitbekommen, da Deutsch ihre erste Fremdsprache gewesen war. Abends zeigte sie ihm stolz, was sie in seiner Abwesenheit geschrieben, welche Aufgaben, von ihm gestellt, sie gelöst hatte. Manchmal las sie ihm aus einem Buch vor, das er ihr zum Üben gegeben hatte. Immer wieder ließ er sich ihre Lieder vorsingen, lernte von ihr neue oder brachte ihr deutsche Volkslieder bei. Ihre zweite Leidenschaft galt dem Malen und Zeichnen. Er mußte ihr Material besorgen und war erstaunt über ihr Talent in dieser Kunst. So hatte sie nie Langeweile, wenn sie allein war.

Sie freuten sich beide auf Weihnachten und trafen bereits die Vorbereitungen, um auf der Stube mit Werner und einigen anderen Kameraden zu feiern. Doch einen Tag vor dem Fest wurden alle Piloten der Staffel, soweit sie eine startklare Focke-Wulf hatten, nach Bonn abkommandiert. Das ging wie üblich Hals über Kopf. Bevor er sich von ihr verabschiedete, nahm er ein Kuvert und schrieb darauf in großen Lettern: ›Nur im Falle meines Todes zu öffnen‹. Dann begann er, die ersten Sätze seines Testaments zu schreiben. Sie sah ihm über die Schulter zu, nahm das Kuvert und fragte:

»Was schreibst du da?«

»Mein Testament. Das ist besser so. Wenn mir irgendetwas passieren sollte, muß für dich gesorgt werden.«

»Nix gutt«, sagte sie lakonisch und zerriß das Kuvert. »Ich will nicht, daß du schreibst ein Testament. Wozu? Ich weiß, nix wird dir geschehen.«

Da zerriß er aufatmend das angefangene Blatt. »Du hast recht. Wenn du auf mich wartest, dann kann mir nichts passieren. Ich komme zurück zu dir.«

»Natürlich!« Sie lächelte tapfer und küßte ihn zum Abschied. Er nahm den Kuß mit wie einen Segen.

»Paß auf sie auf«, sagte er zum Spieß. »Ich mache dich verantwortlich für das Mädchen.«

»Was bleibt mir anderes übrig? Den letzten beißen immer die Hunde. Aber eins muß ich dir sagen, auch wenn es vorerst streng vertraulich ist. Ihr kommt wahrscheinlich von eurem Sondereinsatz nicht mehr hierher zurück. Du weißt, daß es nach Niederschlesien gehen soll.«

»Klar weiß ich das.«

»Das kann über Nacht geschehen, was dann?«

»Dann nimmst du sie natürlich mit, was sonst? Ein Mann mehr in eurem Sauhaufen, das fällt doch gar nicht auf.«

»Ein Mann ist gut! Da könnten sich allerdings gewisse Schwierigkeiten einstellen.«

»Erzähl mir bloß nicht, daß du Schwierigkeiten nicht meistern kannst, Hauptfeldwebel.«

»Ist ja schon gut. Kannst dich auf mich verlassen.«

»Ich weiß. Du bist ein Pfundskerl. Wenn alle so wären, hätten wir den Krieg längst gewonnen.«

»Hau ab, Mann! Und Hals- und Beinbruch!«

Holzauge sei wachsam

Sie flogen in zwei Schwärmen und im Tiefstflug. Acht Focke-Wulf 190 hatte der Bombenangriff verschont, was die in Bonn sollten, war ihnen völlig unklar. »Den Krieg gewinnen helfen«, hatte Werner vor dem Start grinsend vermutet. Da beide die erfahrensten Piloten der Staffel waren, führte jeder von ihnen einen Schwarm, im Gefolge flogen zwei andere Fluglehrer, darunter der Staffelkapitän, der Alte, wie sie ihn nannten. In den anderen Maschinen saßen die besten Flugschüler des Lehrgangs, junge Kriegsschulabsolventen. Die Luftwaffe war eben nicht die Infanterie. Hier war Leithammel, wer den anderen fliegerisch überlegen war. Rangordnungen gab es nur am Boden, nicht in der Luft. Sie erreichten sicher den Flughafen Bonn-Hangelar, nachdem sie unterwegs einem großen Bomberverband begegnet waren, der mit starkem Jagdschutz ostwärts flog. Doch die Geleitjäger hatten die in Bodennähe fliegenden Focke-Wulf nicht ausgemacht. Erst kurz vor dem Platz zogen sie hoch, flogen einen halben Landekreis und schwebten ein. Nach der Landung waren sie nur noch sieben. Einer der Flugschüler hatte einen Bombentrichter übersehen und sich überschlagen.

Es gab ein großes Hallo, als sie die Kameraden der anderen Staffeln wiedersahen. Es folgte die Fragerei nach dem oder jenem und die übliche Gammelei, da acht Tage lang bis auf einen Luftangriff nichts geschah. Sie spielten Tage und Abende Skat und Schach, tauschten Erlebnisse aus, stellten Vermutungen an über die Art des Sondereinsatzes. Nur er war mit halbem Herzen dabei. Seine Gedanken in diesen Tagen galten Nadeschda, zumal die Nachricht gekommen war, das technische Personal habe bereits den Standort gewechselt. Hatte der Spieß Wort gehalten, war die Russin mit ihnen gefahren? War sie vor den anderen unentdeckt geblieben in der Uniform eines Soldaten? Er wußte und hörte nichts von ihr, nicht einmal schreiben konnte er – wohin? Während die anderen froh waren über diese Ruhe vor dem Sturm, quälte er sich von Tag zu Tag mehr und fand des Nachts keinen Schlaf.

»Du bist nicht mehr der alte«, sagte Werner einmal und sah ihn nachdenklich an.

»Wie kann ich das noch sein, nachdem ich weiß, daß Nadeschda auf mich wartet?«

Erst am letzten Tag des alten Jahres gab der Geschwader-Commodore den Einsatzbefehl bekannt. Großangriff der Luftwaffe auf Ziele in Belgien, Nordfrankreich und im bereits besetzten deutschen Gebiet. Der 1. Januar sollte der Tag der Vergeltung werden, über zweitausend startklare Maschinen waren auf Plätzen entlang des Rheins zusammengezogen worden und sollten nun der Invasion eine Wende geben. Der Überraschungsschlag blieb nicht ohne Wirkung, zeitigte jedoch Folgen, die einen zweiten verboten. Denn fast die Hälfte der gestarteten Flugzeuge kehrte nicht zurück. Auch den Alten hatte es erwischt. Von der Staffel waren nur Bernhard, Werner und ein junger Oberfähnrich übriggeblieben.

Am Abend trafen sich die Überlebenden des Geschwaders zum Zechgelage. Sie tranken nicht auf den Sieg, auf Siege tranken sie schon lange nicht mehr, sondern auf die Toten.

Wie anders als im großen Besäufnis hätten sie ihrer gedenken können? Alter Fliegerbrauch. In den Sondermeldungen, die sie im Radio hörten, wurde von übermenschlichen Leistungen der Soldaten der deutschen Luftwaffe gesprochen, die dem Feind unermeßlichen Schaden zugefügt hätten. Kein Wort von den eigenen Verlusten, nur die Erfolge wurden aufgezählt. Die Übriggebliebenen, die dem vorhandenen Alkohol schon reichlich zugesprochen hatten, hörten sich das stumm und verbittert an. Dann tropfte Werners Stimme in diese Stille.

»Mann o Mann, richtige Helden sind wir. Noch so ein glorreicher Sieg, und wir können zum nächsten Einsatz mit dem Fahrrad fahren. Was sind das nur für Weihnachtsmänner, die solche Wahnsinnsmeldungen verzapfen.«

»Dieselben, die uns das Märchen von den Wunderwaffen erzählen«, stieß Bernhard nach.

»Als wäre dieser Scheißkrieg noch zu gewinnen«, pflichtete der Freund bei und warf in einem plötzlichen Wutanfall eine leere Flasche an die Wand. Sie zerschellte unmittelbar neben dem Führerbild.

»Mußt noch viel Zielwasser trinken«, spottete einer.

»Dann fahr mal eine neue Flasche an«, konterte Werner, »die nächste trifft bestimmt.« Allgemeines Gelächter im Casino, mehrere Stimmen verlangten Schnaps. Da erhob sich ein ihnen unbekannter Offizier, kam drohend auf die Freunde zu und schrie sie im Befehlston an:

»Sind Sie wahnsinnig? Was nehmen Sie sich hier heraus? Wer sind Sie überhaupt?«

Werner setzte sein breitestes Grinsen auf und prostete dem Offizier zu:

»Ich bin Feldwebel Pape und das ist Feldwebel Haussmann. Noch nie von uns gehört?«
»Mann, stehen Sie auf, wenn ein Offizier mit Ihnen spricht! Ich werde Sie beide zur Meldung bringen. Alle Herren im Raum sind meine Zeugen. So etwas gehört vor ein Kriegsgericht.«
Die Stimme des schneidigen Offiziers überschlug sich fast bei diesen Worten. Natürlich war ihr Verhalten eine astreine Frechheit. Ihr koddriges Mundwerk war den Älteren im Geschwader nicht unbekannt, doch gerade die Älteren wußten, wie leicht ein Flieger in Alkohollaune über die Stränge schlägt. Der Commodore aber – wegen seiner geringen Körpergröße nannten sie ihn im Geschwader liebevoll den Kleinen – bewies in dieser Situation Format. Er kannte seine Leute besser als der junge Offizier. Während sich die Freunde provozierend langsam von den Stühlen erhoben und im Stehen ihr Glas leer tranken, rief er dem Erregten ärgerlich zu:
»Jetzt halten Sie gefälligst die Luft an! Wir sind hier nicht auf dem Kasernenhof. Hier sind nur Kameraden.«
Beifall von allen Seiten. Der Kleine winkte lässig ab, wandte sich seinen beiden Feldwebeln zu und grinste sie an:
»Prost, ihr verdammten Halunken!«
»Prost, Commodore!« riefen Werner und Bernhard wie aus einem Munde und standen stramm.
»Danke, rühren! Aber ihr habt ja leere Gläser! Ordonnanz, wo bleibt der Nachschub? Sollen wir hier verdursten?«
Sie tranken bis in den Morgen. Sie waren ausgelassen und, wie bei Fliegern üblich, unbeeindruckt vom sinnlosen Geschehen des Tages, das mit Leichenbittermiene nicht

rückgängig zu machen ist. Wem ein Toast einfiel, der brachte ihn an den Mann. Sie stießen an auf diesen und jenen, auf Gott, den Teufel und die Welt.
Bald waren die Lieder an der Reihe, die sie in ihrem trunkenen Zustand mehr gröhlten als sangen: *In der Kneipe am Moor. Kleine Möwe, flieg nach Helgoland. Eine Insel im Laufschritt verloren, ist die Krim, ist die Krim. Karamba, Karacho ein Whisky, karamba, karacho ein Gin, verflucht sakramento Dolores, und alles ist wieder hin. Ich weiß, es wird einmal ein Wunder geschehn. Es geht alles vorüber, es geht alles vorbei, zuerst Adolf Hitler, und dann die Partei.* Einem NS-Führungsoffizier hätten die Augen getränt bei dieser Singerei und erst recht, als doch noch eine Flasche das Hitlerbild an der Wand traf.
»Kameraden«, schrie ein Hauptmann, der älteste Pilot im Geschwader, in die Runde: »Kameraden, genießt den Krieg, der Frieden wird schrecklich.«
Galgenhumor, Weltuntergangsstimmung. Es war das letzte große Besäufnis des Geschwaders im Westen. Am Mittag beim Appell gab der Commodore die Verlegung nach Niederschlesien bekannt. Ziel war ein kleiner Feldflughafen westlich von Oppeln, der Abflug sollte wegen der Luftlage in kleinen Einheiten vor sich gehen. Das technische Personal war bereits mit Lastkraftwagen unterwegs. Bernhard flog mit dem kläglichen Rest der zweiten Staffel, also mit Werner und dem jungen Oberfähnrich Schneider. Sie sollten einen Flugplatz bei Kassel anfliegen und dort weitere Befehle abwarten.
»Damit ist die Zeit der Schokoladenfliegerei vorbei«, sagte er, während ihre Maschinen vor dem Start aufgetankt und

mit Munition versorgt wurden. »Jetzt geht es wieder an die Front.«

»Ist eh dasselbe. Fliegen ist fliegen, ob mit oder ohne Beschuß. Ich kenne nur ein Motto: *Wir fliegen nicht fürs Vaterland, wir fliegen nur für Hildebrand.*«

»Eine Dose Schokakola für vier Stunden«, pflichtete Bernhard bei. »Da weiß man doch wenigstens, was man vom Krieg hat.«

»Wenn nun alle so dächten!« schaltete sich der Oberfähnrich in das Gespräch ein und runzelte ärgerlich die Stirn.

»Beruhige dich, mein Junge«, grinste Werner. »Vergiß die Kriegsschule und das nationale Trara. Du wirst auch noch lernen, daß es besser ist, den Schwanz einzukneifen, als den Helden zu spielen.«

»Ihr habt gut reden, ihr habt eure Orden. Ich kann mich zu Hause erst sehen lassen, wenn ich wenigstens das EK habe.«

»Kommst schon noch zu deinem Kreuz, vielleicht«, entgegnete Werner. »Das ist alles eine Frage der Zeit.«

»Ich meine, das ist in erster Linie eine Frage der Tapferkeit«, antwortete Schneider mit leichtem Vorwurf in der Stimme. Doch die Freunde quittierten die Bemerkung mit Gelächter.

»Was ist Tapferkeit?« fragte Bernhard und sah Werner an.

»Wenn du einmal im Luftkampf das berühmte Rosettenkreisen bekommst, weil du es mit einer Spitfire zu tun hast, in der einer sitzt, der auch fliegen kann, was tust du dann? Willst du einen Abschwung machen, dann rotzt er dir von hinten den Laden voll. Also kurvst du, was das Zeug hält und holst ihn runter. Nennst du das Tapferkeit?«

»Was denn sonst?«

»Nix Tapferkeit. Selbsterhaltungstrieb! Da heißt es, du

oder er, da geht es um dein Leben. Soll ich dir verraten, wofür wir beide das EK zwo bekommen haben? Wir haben ein paar Wochen lang die gute alte brave Ju 52 zwischen Stalino und Stalingrad hin- und herkutschiert, Munition reingefahren, Verwundete rausgeholt. Keine Flak, jedenfalls wenig, keine Jag. Wochenlang fast saubere Luft. Nach fünfundzwanzig Flügen war die bronzene Frontflugspange fällig, bald darauf rollte das EK an. Ganz automatisch.«
»Ihr habt doch aber euer Leben eingesetzt!«
»Quatsch, wir sind nur geflogen. Das Leben hat der Landser eingesetzt, der unten im Dreck lag. Und weiß Gott nicht freiwillig. Doch der konnte nicht weg wie wir. Weißt du, diese Fliegerei war nicht mal halb so gefährlich wie ein anständiger Wolkenzirkus mit euch Flugschülern. Das EK eins haben wir bekommen, weil wir Görings Jagdschloß zusammengebombt haben, bevor die Russen Ostpreußen erreichten. Das war ein ganz kriegsentscheidender Einsatz, nicht wahr? Na ja, die Silberne gab es nach sechzig Einsätzen, und da der Krieg noch ein paar Tage dauert, werden wohl die hundertzwanzig für die Goldene bald voll werden. Alles eine Frage der Zeit, wie gesagt.«
Der Oberfähnrich schwieg und wirkte eingeschnappt. In seinen Kriegsschulhorizont paßte das alles natürlich nicht. Gottlob war er in der letzten Nacht die erste Schnapsleiche gewesen, sonst hätte er die Kinnlade vor Staunen nicht mehr zubekommen. Werner klopfte ihm schließlich auf die Schulter und sagte:
»Warte ab und mach an der Front deine eigenen Erfahrungen. Kriegst schon bald den Rachen voll, bestimmt früher als dein EK.«

»Aber unsere großen Lufthelden, Mölders, Marseille, Hartmann, der Commodore, sind das etwa keine Helden?« Mit großen Augen sah er nun auf die Freunde, die sich müde anlächelten.
»Natürlich sind das alles Helden«, antwortete Bernhard, »doch genau so große wie ihre vielen kleinen Kaczmareks. Die flogen hinter ihnen und sicherten sie gegen feindliche Jäger ab. Je besser sie absicherten, desto ruhiger konnten die vorne ihre Abschußpositionen suchen. Aber frage nicht, wie oft der Kaczmarek dabei vor die Hunde ging. Die Abschüsse wurden gezählt, die Kaczmareks wurden ausgewechselt, sie sind immer austauschbar. Umgekehrt wären wahrscheinlich die Kaczmareks Helden geworden. Einfach Glückssache. Wenn wir an die Front kommen, wirst du vorerst hinterherfliegen, und deine einzige Aufgabe wird sein, deinen Leithammel, also den Rottenführer, abzusichern. Der schießt den Panzer oder das feindliche Flugzeug ab, während du ihn schützt. So wie du es gelernt hast beim Verbandsflug oder Wolkenzirkus. Kapiert? Du kennst doch das Motto, das man dir eingehämmert hat?«
»Holzauge sei wachsam!«
»Eben. Denke daran, wenn es in den nächsten Tagen losgeht. Vielleicht hast du Glück und bleibst nicht lange, Holzauge. Dann winkt dir ein längeres Leben und du erfliegst dir mit der Zeit deine Orden, auf die du so scharf bist. Aber nur dann!«
»Ich werde es schaffen!«
»Unseren Segen hast du!« grinste Werner väterlich.
Sie hatten einen glatten Flug ohne Feindberührung. In einem Dorf bei Kassel trafen sie auf eine kleine Einheit ihrer

Staffel und erfuhren, daß die anderen bereits in Richtung Schlesien unterwegs seien. Die zurückgebliebenen Techniker sollten die acht Maschinen bis zum Weiterflug versorgen.

»Acht ist gut«, sagte Werner. »Wir sind der klägliche Rest.«

»Und der Alte? Und die anderen?«

»Frag nicht so blöd!«

Bernhard interessierte nur eine Frage. War Nadeschda bei den anderen? Die Russin war dabei. Sie war zusammen mit dem Spieß in der Vorausabteilung gefahren. Der hatte also Wort gehalten.

Sie warteten drei Tage auf den Flugbefehl. Zwei weitere Piloten einer anderen Staffel waren noch gelandet, sie konnten also zu fünft fliegen. Doch es schneite Tag für Tag. Auf der verharschten Schneedecke bildete sich schnell ein hoher Teppich von Neuschnee, der das Starten so gut wie unmöglich machte, als endlich der Befehl zum Weiterflug kam. Wäre es nach Werner gegangen, so hätten sie hier die Stellung gehalten, zumal sie im Dorf in Privatquartieren untergebracht waren und herzlich betreut wurden. Doch Bernhard drängte zum Weiterflug. Er hatte seinen Grund, er wollte zu Nadeschda, um die er sich Sorgen machte. Nun waren sie schon fast zwei Wochen getrennt. Der Fliegerhorstkommandant, ein älterer Reserveoffizier, riet dringend vom Start ab. Bei dieser hohen Schneedecke sei das nicht zu verantworten. Wenn die Herren unbedingt wegwollten, dann auf eigene Gefahr. Natürlich hatte er recht.

»Was tun, Werner? Ich habe keine Lust, hier zu versauern.

Unsere Leute sind längst da unten und warten auf uns.«
»Du willst sagen, Nadeschda wartet auf dich.«
»Leg es aus, wie du willst. Ich jedenfalls will unbedingt fliegen.«
Am vierten Tag entschlossen sie sich zum Start. Schneider und die beiden anderen Piloten, junge Leutnants, überstimmten zusammen mit Bernhard den Freund, der leicht verärgert schimpfte:
»Was kann man gegen dieses Jungvolk tun? Der eine ist scharf auf ein Weib, die anderen sind scharf auf Orden. Da muß die Altersweisheit eben schweigen.«
Als Bernhard seine Maschine abgebremst hatte, dem Flugwart das Handzeichen gab, damit sie die Bremsklötze wegnahmen, und als erster den Gashebel nach vorn schob, erkannte er sehr schnell, auf was für ein idiotisches Abenteuer er sich da eingelassen hatte. Seine Maschine rollte nur langsam an, versackte mit den Rädern in der doppelten Schneedecke, wollte und wollte nicht normale Rollgeschwindigkeit aufnehmen. Sie kroch und rutschte vorwärts. Als er schon fast bis zur Platzmitte gekommen war, hätte er am liebsten noch das Gas zurückgenommen. Doch stur blieb er bei seinem einmal gefaßten Entschluß. Er rollte weiter, langsam nahm die Geschwindigkeit zu, drohend kam der Wald näher, der den Platz begrenzte. Es reichte immer noch nicht, um sicher abheben zu können. Kurz vor dem Wald riß er, allen Regeln zum Trotz, die Maschine hoch, drückte jedoch sofort nach, als wolle er eine Schneide in den Wald schlagen, zog kurz vor den ersten Bäumen erneut den Steuerknüppel an. Die Kiste schwankte, zitterte mit den Tragflächen, wollte absacken. Aber sie hielt sich

brav in der Luft, wabberte schwerfällig über die Wipfel hinweg und gewann nun schnell an Höhe.
Bei diesem Manöver war ihm unter der pelzgefütterten Kombination eiskalt geworden. Als er spürte, daß er die Maschine endlich in der Hand hatte, schlug diese Kälte in Siedehitze um und trieb ihm den Schweiß aus allen Poren. Es war geschafft! Er fuhr das Fahrwerk ein und flog eine Steilkurve, um zu beobachten, wie sich die anderen aus der Affäre zogen.
Werner war als zweiter gestartet. Bernhard sah, daß der Freund die gleichen Schwierigkeiten beim Abheben hatte und mit dem Fahrwerk die Baumspitzen zu streifen schien. Gut gemacht, alter Knabe, murmelte er, hätte jedoch am liebsten dem Oberfähnrich, für den er sich verantwortlich fühlte, über Sprechfunk Befehl gegeben, unten zu bleiben. Doch der war bereits angerollt. Hielten seine Nerven stand, wenn der Wald auf ihn zukam? Zu seinem Erstaunen machte Schneider es am besten von ihnen. Er rollte in den Spuren, die beide Flugzeuge vor ihm gezogen hatten, und bekam so schneller Fahrt. Sicher hob er ab und zog schon vor der Platzgrenze das Fahrwerk ein. Alle Achtung, dachte Bernhard. Wer so sicher startet, wird auch gut fliegen, wenn er an die Front kommt.
Das vierte Flugzeug raste in den Wald. Er konnte noch erkennen, wie der Pilot kurz vor der Platzgrenze abhob, doch zu steil und ohne nachzudrücken. Die Schnauze richtete sich kurz auf, dann sackte die schwere Maschine ab und explodierte beim Aufschlag. Gottlob schaltete der letzte Pilot bei diesem Anblick richtig, nahm im Rollen das Gas weg und zog das Fahrwerk ein. Die Kiste rutschte auf dem

Bauch weiter, kurz vor der Platzgrenze blieb sie liegen. Sie waren also wieder zu dritt. Als sie sich gesammelt und mit leichtem Wackeln begrüßt hatten, nahmen sie Kurs auf und flogen in Richtung Osten, über die Rhön, den Thüringer Wald, das Erzgebirge. Bei klarer Sicht erkannten sie Dresden, eine der wenigen Städte im Reich, die noch unzerstört war – zu diesem Zeitpunkt. Sie landeten in Liegnitz zwischen, um vor der letzten kurzen Etappe noch einmal aufzutanken. Gegen Mittag sahen sie die Oder vor sich, kurvten ein und landeten auf dem Zielflughafen.
»Ihr seid die ersten«, begrüßte sie strahlend der Hauptfeldwebel. Das wird aber auch langsam Zeit. Stinklangweilig ohne euch.«
»Wo ist sie?« war Bernhards einzige Frage an den Spieß.
»Geh doch erst mal in dein Zimmer, bevor du solche Fragen stellst«, antwortete der lachend.
»Danke, alter Knabe! Das hast du gut gemacht, werde es dir nie vergessen.«
»Hast du schon einmal gesagt.«
»Doppelt hält besser. Außerdem habe ich an dich gedacht.« Er packte einen Schinken und eine Flasche echten französischen Cognac aus. »Das ist für dich!«
»Das ist ja echter!« freute sich der Spieß. »Mann, die alten Kameraden sind also doch nicht alle in Stalingrad geblieben. Sei bedankt, mein lieber Schwan.«
Dann verriet er kurz, daß es mit Nadeschda besser gelaufen sei, als er erwartet hatte. »Das Mädchen hat sich sehr nützlich gemacht, hilft in der Bekleidungskammer aus und hat eure Buden in der Baracke in Ordnung gebracht. Könnt euch in die gemachten Betten legen. Ein richtiger kleiner

Engel ist sie, deine Russin. Wir haben sie alle ins Herz geschlossen. Du bist schon ein Glückspilz.«
Während Werner die Formalitäten erledigte, ging er auf sein Zimmer. Er hatte das Gefühl, daß sein Herzklopfen lauter klang als seine Schritte. Er öffnete die Tür und stand vor Nadeschda. Sie saß am Tisch, vor sich die kleine Blechkassette, in der sich seine persönlichen Sachen befanden. In der Hand hielt sie ein Fotobild, das sie versonnen betrachtete. Als sie ihn sah, sprang sie mit einem Freudenschrei auf und warf sich in seine Arme.
»Mein Lieber! Ich wußte, du kommst cheute!«
»Wie kannst du es wissen, Nadeschda?«
»Oh, ich chabe es gefühlt. Mein Gefühl chat es gesagt, mein Cherz chat es gewußt. Ich chabe dein Bild angesehen, das Bild chat zu mir gesprochen. Plötzlich warst du da!«
Sie hatte diese kurzen Sätze schnell herausgestoßen. Als er sie küßte, mußte sie sich losreißen, um Luft zu holen. In ihren Augen schwammen Tränen und das Glück, ihn wieder zu haben. Sie küßte ihn wieder und wieder, sie tastete sein Gesicht ab, als wolle sie sich vergewissern, daß er es wirklich war. Sie war so außer sich vor Freude, daß sie einige Worte in Russisch sprach.
»Was sagt du da? Soll ich es nicht verstehen?«
»Ach mein Lieber, mein lieber Durak! Mein Cherz chat gesprochen, nicht mein Verstand. Ich liebe dich!«
»Ich liebe dich, Nadeschda, mehr als alles in der Welt. Mir ist, als sei ich heimgekehrt.«
»Bist ja cheimgekehrt, cheim zu mir. Und gehst nix wieder fort, ja?«
»Ich bleibe bei dir, niemand soll uns je im Leben trennen.«

Sie hob den Kopf und lächelte unter Tränen. Ihr Gesicht war so nah, daß er einen Regenbogen in ihren Augen zu sehen meinte. Der Kuß ihrer Lippen war weich, der Druck ihrer ihn umschlingenden Hände fest. Dann löste sie die rechte Hand und streichelte über seine Stirn und seine Haare. Leise sagte sie:

»War nix gutt, so lange zu warten. Ich viel Angst. Nix am Tage, aber in der Nacht, wenn alle schlafen.«

»Aber alle waren doch gut zu dir?«

»Alle waren gutt, stimmt. Aber du nix da. Chabe viel Angst um dich gefühlt. War sehr schlimm.«

Hatte er je solche Zärtlichkeit erfahren? Hatte je ein Mensch mit dieser Sehnsucht auf ihn gewartet? Sie standen im Zimmer und hielten sich fest, nun aber stumm und in sich hineinlauschend. Sie hatte den Kopf an seine Brust gelegt. Er atmete den Duft ihrer Haare, die Zeit blieb stehen. Nur festhalten, dachte er, dieses Glück festhalten für alle Zeit. Kannst du das? Was wird werden, was will geschehen? Bist du stark genug, um dieses hier festhalten zu können in einer Zeit, die alles um sich herum in den Abgrund reißt?

Ihm wurde bange in seinem Glück. Eine nie gekannte Furcht wollte aufkommen. War er nicht immer allein gewesen in den Jahren des Krieges? Gewiß, da waren Freundinnen, da gab es Versprechungen, doch da war nie die Bedingungslosigkeit einer Bindung. Da war keine Trennung gewesen, die nicht leicht zu verschmerzen war. Nun gab es dieses Menschenkind, dessen Wärme er an seiner Brust fühlte, nun war er nicht mehr allein und für sich verantwortlich. Er hatte Nadeschda herausgerissen aus all

ihren Bindungen, sie gehörte ihm, ihm allein. Würde er jetzt noch alles so leicht tragen können? Er drängte diese Gedanken weg. Er durfte nicht zweifeln. So, wie sie jetzt standen, Brust-an-Brust, waren sie schon einmal dagestanden, im Einmannloch, den Tod über sich. Hatte der ihn nicht um ihretwillen verschont? War ihm nicht Stärke gegeben, sie in allen Gefahren zu halten? Du mußt daran glauben, fest und unbeirrbar, dachte er.
Was sie dachte, fragte er nicht. Was konnte sie denn anderes denken als er? Und es mochte so sein in diesem Augenblick, der eine Ewigkeit maß.
Später begann sie zu erzählen. Von dem plötzlichen Aufbruch, von der langen Fahrt durch Deutschland, von der Ankunft hier, von ihrer Tätigkeit. Daß sie vom Hauptfeldwebel die Aufgabe erhalten hatte, die Zimmer der Piloten in Ordnung zu halten und in der Bekleidungskammer auszuhelfen, machte sie ein wenig stolz.
»Alle sagen, Nadeschda gutt arbeiten. Alle sehr zufrieden!«
Sie hatten sich inzwischen auf das Bett gesetzt. Plötzlich brach sie ihren Bericht ab, lief zum Spind, in dem sie seine Sachen ordentlich untergebracht hatte und rief strahlend:
»Ich chabe ganz vergessen. Du chast Post. Einen Brief und ein kleines Paket. Von deiner Mutter, von zu Chause.«
Sie packten das Päckchen aus, das noch weihnachtlich roch. Ein paar Bilder, Tabak, eine neue Pfeife und ein großer Streuselkuchen, den er gern aß. Die Streuseln hatten sich in den langen Wochen vom Kuchen gelöst und waren mit den Tannennadeln vermischt. Mutter hatte ein paar Zweige hineingelegt, er wußte, daß sie von der Tanne im Garten waren. Aber es schmeckte herrlich, obwohl es alt geworden

war. Noch echte Butterstreusel, sie waren hart, zergingen jedoch auf der Zunge. Auf einem Zettel stand: *Frohe Weihnachten!* Und auf der Rückseite: *Das hübsche Tuch ist für Deine Nadeschda.* Die hatte das Tuch schon in der Hand und fand es wundervoll. Als er ihr den Zettel zeigte, stieß sie einen Freudenschrei aus:
»Von deiner Mutter! Für mich!« Dann küßte sie das Tuch und legte es sich um den Hals, während er den Brief öffnete.
Mutter schrieb von den kleinen Sorgen des Alltags, die sie alle zu tragen hätten, aber auch von ihrer Hoffnung, daß bald alles überstanden sei. Zwei Bombenangriffe hätten nun auch ihre Stadt heimgesucht, doch den kleinen Vorort, in dem ihr Haus stand, verschont. Vater sei kurz vor Weihnachten heimgekehrt, für einen Mann seines Alters sei an der Front gottlob kein Bedarf mehr. Er habe es ein wenig am Herzen, sei sonst aber gesund und spreche viel von seinem Sohn. Leider müsse er den Volkssturm in der Südstadt kommandieren, doch es werde hoffentlich nicht soweit kommen, daß die Kinder und die alten Männer eines Tages noch kämpfen müßten. *Gott beschütze uns davor,* schrieb sie, *und mache diesem bösen Spuk bald ein Ende. Wir alle hoffen auf Frieden.* Erst ganz zum Schluß antwortete sie auf seinen letzten Brief, in dem er ihr von Nadeschda erzählt hatte. Sie schrieb: *Wenn Du einen Weg findest, mein Junge, denn bringe die Kleine zu uns. Das geht ja so nicht, in der Kaserne. Wir haben Platz genug, und wenn sie so ist, wie du es schreibst, dann ist sie uns von ganzem Herzen willkommen.*
Als er Nadeschda diese Sätze vorgelesen hatte, bat sie: »Bitte, ich will auch lesen. Darf ich?«

Langsam las sie den Brief seiner Mutter und wiederholte laut die letzten Sätze. Dann ließ sie den Brief sinken. Als er ihre Augen sah, waren sie seltsam starr, als suche sie etwas, das weit weg war. Mußte sie nicht fröhlich sein über diese Nachricht? Warum, dachte er, ist sie plötzlich so traurig? Oder war sie gar nicht traurig, sondern einfach nur überwältigt von dem, das da für sie geschah? Er wußte nur diese Erklärung und begriff erst viel später, als er längst diesen Stimmungswechsel vergessen hatte, daß sie in diesem Augenblick an ihre Mutter gedacht hatte, die weit, unerreichbar weit weg war und nichts von ihrer Tochter wußte. Für ihn war Nadeschda das Einzelwesen geworden, das er liebte, von deren Bindungen er aber nichts wußte, vielleicht auch gar nichts wissen wollte, jetzt, in dieser Zeit. Er hatte sie an sein Ufer geholt. Daß es da noch eine Brücke zum anderen Ufer gab, war für ihn einfach nicht denkbar.
»Freust du dich denn nicht?« fragte er sie.
Erst als er die Frage wiederholte, kehrten ihre Augen zurück, nun wieder voller Tränen. Sie drückte ihr Gesicht in seinen Schoß. Er streichelte sanft ihre Haare, die sich etwas fremd anfühlten in ihrer soldatischen Kürze. Sie werden wieder wachsen, dachte er. Sie sollen wieder ganz lang werden wie in den ersten Tagen, als ich sie vor der Baracke der Russinnen zum ersten Mal sah. Jeder wird dieses Mädchen beneiden um diese schönen langen schwarzen Haare. Und jeder wird mich beneiden um Nadeschda. Er stellte die Frage von eben nicht wieder. Er nahm es als Antwort, daß sie ihren Kopf in seinen Schoß gelegt hatte.

Unter Schlesiens Himmel

Bernhard und Nadeschda fühlten sich wie auf einer Wolke, die am blauen Januarhimmel dahinsegelte. Der Feldflughafen zwischen Oppeln und Neisse glich noch einer Insel des Friedens, es war, als habe der Krieg dieses Stück niederschlesischer Erde ausgeklammert, während er jenseits der Oder, in Oberschlesien, um so schlimmer tobte. Kein Luftangriff störte das Leben in diesen Tagen. Die Flüchtlingstrecks zogen weit nördlich und südlich am Platz vorbei, noch nicht zur Kenntnis genommen von den Soldaten wie von den Bewohnern des nahen Dorfes. Diese Ströme der Hoffnungslosigkeit sah er erst später von oben, als er die ersten Einsätze fliegen mußte. Die Oder, an deren Ostufer die Spitzen der feindlichen Armee erste Brückenköpfe anzulegen versuchten, war weit genug entfernt, als daß Waffenlärm bis zu ihnen dringen konnte. Für sie zählte jetzt nur das Du und das Ich. In der Ruhe um sie herum wollten sie nicht die Ruhe vor dem Sturm sehen.
Auch im Dorf, an dessen Namen er sich später vergeblich zu erinnern versuchte, schien das Leben seinen normalen Gang zu gehen. Die Menschen gaben sich zuversichtlich, in der Hoffnung, der Russe möge an der Oder aufgehalten werden. Sie redeten viel von der Wunderwaffe und glaubten, daß sie der Führer nur deshalb noch nicht eingesetzt habe, weil ihre Vernichtungskraft einfach unvorstellbar sei. Sie werde zur rechten Zeit die Rettung bringen. Sie sahen daher keinen Anlaß, ihr Stück Heimat zu verlassen. Es war wohl mehr eine aufgezwungene Zuversicht, als sei jede

andere Haltung das Eingeständnis dafür, daß ihre kleine Welt ebenso aus den Fugen geraten könne wie die große. So kleingläubig wollten sie nicht sein. In Oberschlesien, sagten die Menschen, da geschehe ja nun viel Leid, wie man höre, und es sei viel zu tun, dieses Leid später einmal ungeschehen zu machen, wenn die Russen erst vertrieben seien. Doch Niederschlesien, das werde der Herrgott schon schützen. Die nicht vom Herrgott sprachen, sagten Führer, wohingegen manche, die den Führer im Munde hatten, den Herrgott meinten, so genau war das in jenen Tagen nicht zu unterscheiden.

Das kleine Eckzimmer in der Baracke hatte Nadeschda wohnlich hergerichtet und mit selbstgemalten Bildern geschmückt. Das Fensterbrett zierte eine Girlande von Tannenzweigen, ein Tannenstrauß mit einer großen roten Kerze aus dem Weihnachtspaket von Mutter stand auf dem Tisch. Sie hätte so gern Blumen gehabt, doch die gab es in dieser Jahreszeit nicht, nur die Schneeblumen am Fenster, die sie mit ihrem Hauch veränderte, so daß sie Arabesken glichen. Die Prunkstücke des Zimmers waren ein kleiner Kanonenofen, der wohlige Wärme verbreitete, und ein Volksempfänger. Sie plauderten von der Vergangenheit und schmiedeten Pläne für die Zukunft, als hätten sie noch die Macht, darüber zu entscheiden. Vier Kinder wollte sie einmal haben, sagte sie. Die drei Mädchen sollten Natascha, Ljuba und Valentine heißen, wie ihre Schwester, der Junge Wanja. Als Bernhard auf Thomas und Marianne beharrte, ließ sie sich beim Jungennamen überzeugen und verzichtete auf Wanja. Doch an den Mädchennamen hielt sie fest, schränkte schließlich ein:

»Gutt, dann noch ein Mädchen, wenn du Marianne liebst.«
Unbedingt aber sollte das erste Mädchen Natascha heißen, da sie das Lied vom Samowar so gern hatte: *Es summt ein Lied der Samowar, ein Lied wie schön es einmal war, Natascha, Natascha, das Glück kehrt nie mehr zurück.*
»Ist das Lied nicht zu traurig für unsere kleine Natascha?«
»Nix traurig. Schön, schönstes Lied, das ich kenne«, antwortete sie und summte es ihm vor, bis er die Melodie nachsingen konnte.
Überhaupt ihre Lieder. Sie sang sie den ganzen Tag, und er wurde nicht müde, ihr zu lauschen. Doch sie hatte auch ihr Herz entdeckt für Gedichte, für deutsche, die er ihr vorlesen oder vortragen mußte. Ihn überraschte sie mit Versen von Heinrich Heine, die sie in der Schule zweisprachig gelernt hatte. Heine und Goethe, verriet sie ihm, seien ihre liebsten deutschen Dichter, von den russischen liebe sie vor allem Puschkin, Gorki und Majakowski. Sie war ein wenig enttäuscht, daß er von Heine nur wenig kannte, wie hätte er ihr erklären können, daß dieser in seinem Lande zu den Verbotenen und Verfemten gehörte? Doch sie war zufrieden, daß er ihr wenigstens die Lorelei vorsingen konnte.
Im Radio hörte sie fast alle Musiksendungen, besonders das Wunschkonzert, schwärmte von Zarah Leander, deren Art zu singen sie geschickt nachahmte, auch von Lale Andersen, deren *Lili Marleen* sie liebte, lauschte aber auch mit Begeisterung den Swing-Sendungen vom BBC, natürlich auch ihrer Musik, die von Radio Moskwa kam. Die Nachrichtensendungen in Russisch hörte sie zu seiner Überraschung selten und übersetzte sie ihm nur spärlich, wenn er darum bat. Doch gerade das sollte sich später ändern.

Zunächst verschlossen sie beide Augen und Ohren vor dem, was von draußen kam. Noch war das Glück, das sie verband, stärker als alles, was außerhalb geschah. Werner sprach grinsend von ihrem »Glück im Winkel«, das er allerdings oft und gern mit ihnen teilte.

Auch andere Kameraden, die er manchmal abends einlud, fühlten in ihrem Zimmer so etwas wie ein Stück von zu Hause. Nadeschda hatte Gesellschaft gern, kochte Bohnenkaffee, bereitete Glühwein, buk auf der Platte des Kanonenofens kleine Piroschkis aus Mehl, Milch, Eiern und Butter, das alles bekamen sie noch im Dorf, und bewirtete ihre Gäste, als sei sie die Herrin eines großen Hauses. In diesen Stunden bewunderte er sie, zumal er spürte, wie die anderen in ihrer Gegenwart auflebten, sich ihrem Zauber ergaben und sich gewisser Formen erinnerten, die es sonst im Landserleben nicht gab. Keine Zoten, keine Rundgesänge, keine Besäufnisse, das verbot einfach ihre Gegenwart. Sie rissen sich am Riemen, wie es Werner einmal ausdrückte.

Sein erster Flugzeugwart Hansi spielte recht gut Gitarre und begleitete Nadeschda, wenn sie ihnen die Lieder ihrer Heimat vortrug. Dann war es still im Zimmer, selbst die Hartgesottensten wurden weich. Sie besaß eine zarte Altstimme, modulierte geschickt und erreichte mit Kopfstimme die höhere Oktave, die sie so weich und zärtlich hielt, daß die Töne den Hörer zu streicheln schienen. Fast einem Windhauch gleich kamen sie von ihren Lippen. Ihr Alt wiederum reichte eine ganze Oktave tiefer, so daß es ihr leicht fiel, Zarah Leander nachzuahmen. Eigentlich war es unmöglich, ohne Ausbildung so singen zu können, doch sie sagte ihm, in ihrer Heimat könnten das viele, und die Männer sängen noch besser. Still und in sich gekehrt verließen die Kameraden manchmal das Zimmer.

Das Geschwader sammelte sich nur langsam. Die jüngeren Piloten wie Schneider sehnten sich nach Fronteinsatz und Orden, die älteren nahmen die Gammelei als Atempause des Krieges hin und wußten, daß jeder Tag ein Geschenk war. Der Commodore ließ sich offenbar Zeit. Als auch er endlich eintraf, ging das Warten weiter, da es dem Geschwader an Sprit und Munition mangelte. Aus unerklärlichen Gründen hatte der Nachschub einen anderen Flugplatz erreicht. Als man den ausfindig gemacht hatte, fehlte es an Transportmöglichkeiten. Der Kleine schimpfte wie ein Rohrspatz über diese Schlamperei, mit der man schließlich keinen Krieg gewinnen könne, lehnte gegenüber dem Oberkommando jede Verantwortung ab und besänftigte sein Gewissen damit, daß er jeden Morgen einen Aufklärungseinsatz flog, um die Frontlage zu sondieren. Die alten Hasen vermuteten jedoch, es sei wegen der Schokolade.
Da der Kaczmarek des Kleinen, ein erfahrener Oberfeldwebel, der schon in Spanien geflogen war, noch nicht aus dem Lazarett zurück war, nahm er als Ersatz abwechselnd einen der beiden Freunde zu diesen »Schokoladenflügen« mit. Sie waren ihm seit langem als gute und disziplinierte Piloten bekannt, auf die er sich verlassen durfte wie umgekehrt sie auf ihn. Denn der Commodore war ein ausgezeichneter Flieger, der zwar viel wagte, doch dabei nie das Leben seines Kaczmareks riskierte. Wer mit dem Kleinen fliegt, hieß es

im Geschwader, genießt den Schutz der Gothaer Lebensversicherung.
So konnten es die beiden Freunde als Auszeichnung ansehen, wenn er sie zu diesen Flügen mitnahm, die nicht der Vorbereitung eines größeren Angriffs dienten, also strategisch ohne Wert waren. Die Flüge waren in jedem Fall ein gutes Training und brachten Bernhard Bohnenkaffee und Schokolade ein, mit der er Nadeschda eine Freude machen konnte. Auch sie kannte längst den alten Fliegerspruch: *Wir fliegen nicht fürs Vaterland, wir fliegen nur für Hildebrand.* Da die Frühaufklärung stets im Tiefstflug geflogen wurde, war die Gefahr nur gering. Ehe die russische Flak oder Pak die Zweierrotte ausgemacht hatte, war sie schon über alle Berge. Für feindliche Jäger waren sie in Bodennähe ohnehin unerreichbar.
Südlich von Breslau – die Stadt befand sich bereits im heftigen Abwehrkampf gegen mächtige russische Einheiten – kam es zum ersten Luftkampf an der schlesischen Front. Denn als der Commodore über sich vier russische Jäger vom Typ Jag 9 ausmachte, packte ihn das Jagdfieber. Er flog noch ein paar Kilometer am Boden, zog dann steil hoch, bis er die gleiche Höhe wie die Gegner erreicht hatte, die völlig ahnungslos waren. Dann gab er das Zeichen zum Angriff. Die Überraschung gelang. Der Kleine erwischte im ersten Anflug einen Gegner, kurvte mit dem zweiten herum und gab Bernhard »Jagd frei« für den dritten, nachdem der vierte mit Abschwung ihren Blicken entkommen war. Der Wolkenzirkus war kurz, in beiden Jags saßen offenbar Anfänger, die so schlecht kurvten, daß sie zum Abschuß regelrecht einluden.

»Gut gemacht!« rief der Kleine durchs Kehlkopfmikrophon.
Nach der Steilkurve sah Bernhard, wie sich aus der von ihm abgeschossenen Jag ein Bündel löste. Wenig später hing der russische Pilot am Fallschirm und schwebte mit strampelnden Beinen nach unten. Bernhard war ein wenig froh über diesen Abschuß, doch noch glücklicher darüber, daß der Pilot am Leben geblieben war. Wer die Gesetze des Luftkampfes kennt, weiß, daß er andere Regeln hat als der Kampf am Boden. Du oder ich heißt es auch oben in der Luft, doch mit dem Abschuß des Flugzeuges hat der Jäger seine Pflicht getan oder besser, genug getan für seine Selbsterhaltung. Den anderen Piloten zu töten, ist nicht seine spezielle Aufgabe, wenngleich der Abschuß des Flugzeuges in den meisten Fällen das Töten einschließt. Doch bei diesem indirekten Tötungsverfahren kann sich der siegreiche Pilot damit herausreden, nicht gegen das alte Gebot verstoßen zu haben, das da heißt, du sollst nicht töten. Sieger und Besiegte vereint die gewissensberuhigende Anonymität, die der Infanterist nicht kennt. Zudem kommt die Chancengleichheit hinzu, die im Luftkampf gegeben ist.
Kurzum, er flog dicht am Fallschirm vorbei in der Absicht, dem abgeschossenen russischen Piloten einen Gruß zuzuwinken. Doch in der Sekundenschnelle des Vorbeifliegens sah er, daß der Russe eine Pistole in der Hand hielt und mit wutverzerrtem Gesicht auf ihn, also auf die Maschine des Gegners, schoß. Ein sinnloses Unterfangen, doch ein Zeichen dafür, daß dieser Feind andere, fanatischere Regeln des Luftkampfes kannte. Kopfschüttelnd quittierte er im

Weiterfliegen das Verhalten des Gegners. Warum freust du dich nicht, Kamerad, daß du lebst? dachte er. Für wen hältst du mich, daß du mit der Pistole auf mich schießt? Wenn ich du wäre, würde ich wohl jetzt eine Hundertachtzig-Grad-Kurve fliegen und dir deinen Fallschirm in Fetzen schießen, daß du wie ein Stein nach unten fällst. Er wußte von diesem Augenblick an, daß er es an dieser Front mit einem anderen Feind zu tun hatte als im Westen. Solchen Fanatismus hatte er noch nicht kennengelernt.

Die Frage nach dem Warum stellte er später Nadeschda, die ihn in Werners Gesellschaft erwartete. Der Freund beneidete ihn natürlich um den Abschuß, doch er gratulierte von Herzen.

»Weißt du nicht, warum?« antwortete Nadeschda. Ihre Augen sahen seltsam dunkel und nachdenklich aus, als er von dem Luftkampf berichtete. Sie hatte lange keine Angst mehr um ihn haben müssen, nun wußte sie, daß wieder die Gefahr da war, wenn er hinausflog. Zu diesem Wissen aber kam wohl auch, daß ihm die Gefahr von ihren Leuten drohte.

»Nein, ich weiß es nicht. Dieser Mensch kann doch froh sein, daß er heil aus der Maschine gekommen ist.«

»Er chatte Angst um sein Leben, verstehst du das?

»Unsinn, ich wollte ihm doch nur zuwinken.«

Sie sah zu Boden und sagte leise:

»Zuwinken? Soll er glauben, du winkst ihm nur zu wie einem Freund? Zuwinken nach allem, was dieser Arme durchgemacht chat?«

»Wir haben doch alle einiges durchgemacht, Nadeschda. Darum können wir doch ritterlich bleiben.«

»Ritterlich? Ich verstehe nicht, was das ist. Ich sehe, daß die Deutschen unser Land überfallen chaben. Unser Land chat viel von Schrecken erlebt. Viele Menschen sind tot, vielleicht Millionen. Unsere Dörfer und Städte sind zerstört. Vielleicht chat dieser Arme seinen Bruder verloren oder seinen Vater. Du glaubst, wenn du ihm winkst, vergißt er das alles? Kann er das vergessen? Er sieht doch immer seine Cheimat, die ganz kaputt ist. Muß er nicht Chaß fühlen gegen dich? Du verlangst, daß er ritterlich ist.«
»Aber er kann doch nicht Haß fühlen gegen Bernhard, der sein Leben geschont hat und sich darüber freut, daß er nun gesund am Fallschirm hängt«, warf Werner ein.
»Aber er sieht doch nix Bernhard. Bernhard ist gutt, ich weiß. Er sieht doch den Deutschen, der chat kaputt gemacht sein Land. Erst sein Land, dann sein Flugzeug«, argumentierte die Russin in ungewohnter Schärfe.
Werner vergaß sein gewohntes Grinsen und schüttelte ärgerlich den Kopf:
»Das ist auch eine Art zu argumentieren! Auch unser Land ist zerstört, Kamerad Nadeschda. Du selbst hast diesen Bombenangriff miterlebt. Wir haben darum keinen Haß gegen einen einzelnen Soldaten, der wie wir nur tut, was man von ihm verlangt.«
»So darfst du nicht sprechen«, beharrte Nadeschda, »so nicht! Dein Land chat den Krieg gemacht, mein Land wollte den Frieden. Ihr chabt unsere Cheimat kaputt gemacht. Diese Bomben, das ist anders. Die fallen, wie man sagt, auf euch zurück.«
»Mann o Mann, dieses Mädchen ist stur wie ein Panzer. Verstehst du denn nicht, wir Deutschen wollten doch

Rußland gar nicht kaputt machen, wie du sagst, wir mußten das! Nein, jetzt rede ich selbst Quatsch, ich meine, wir Deutschen, wir haben nur den Befehl ausgeführt. Wir haben das alles nicht von uns aus getan.«

Wenig überzeugend, dachte Bernhard. Nadeschda sah den Freund mit großen Augen an und fragte, jetzt wieder ohne Schärfe:

»Nicht von uns aus? Wie meinst du? Von wem aus dann?«

»Na, von oben aus! Da gibt es nämlich einen Führer.«

»Aha, Chitler! Chitler befiel, wir folgen. Sehr gutt! Ihr seid also ganz unschuldig wie ein kleines Kind. Aber wen chabt ihr denn kaputt gemacht auf Befehl von Chitler? Die Schuldigen? Nein, die Unschuldigen. Wo ist meine Schwester Valentine? Wo meine Mutter? Wo meine Brüder? Vielleicht ist auch Großväterchen kaputt, ein sehr schuldiger Mensch. Ich weiß nicht.«

»Das tut mir leid, Nadeschda«, antwortete Werner ernst, »wirklich, aber versteh doch ...«

»Nix aber, nix verstehe ich. Du suchst Ausrede. Du nix ehrlich. Wer chat denn angefangen mit Krieg? Du darfst jetzt nix sagen, Chitler hat angefangen. Chitler ist nur ein Mensch, einer von vielen Menschen. Nein, Deutschland chat angefangen, ihr alle. Du wünschst dir, daß dieser russische Pilot Bernhard sieht. Oder dich oder einen anderen Kamerad. Nein, nix. Er sieht Deutschland. Sein Chaß, kann sein Chaß Unterschied machen?«

Bernhard hatte dem Dialog stumm und mit wachsendem Erstaunen gelauscht. Noch nie hatte er Nadeschda so leidenschaftlich argumentieren hören, noch nie hatte sie so bewußt das Wir und Ihr, das Uns und Euch betont. War es die Nähe der russischen Front oder hatte es bisher keine Gelegenheit gegeben, über diese Dinge zu sprechen, über die sie, die Soldaten, auch nur wenig sprachen, weil das Darübersprechen für sie keinen Sinn hatte. Sie waren dazu erzogen worden, zu gehorchen, statt sich Gedanken zu machen und diese Gedanken auszutauschen. Nun zwang sie plötzlich die Russin dazu, sich Gedanken zu machen und diese zu artikulieren. Etwas in ihm, das wohl lange geschlummert hatte, wurde hellwach. Er fühlte plötzlich, daß auch er sich alles zu leicht gemacht hatte. Alles auf die leichte Schulter nehmen, das war ihre Devise gewesen, so hatten sie die Jahre überstanden. Konnten sie so, in ihrer Gedankenlosigkeit, auch das Ende überstehen? Das Mädchen hatte recht, hundertmal recht. Es war nicht ein Hitler allein, es waren alle, die Schuld auf sich geladen hatten, und sei es nur durch ihre Gedankenlosigkeit, die zur Sprachlosigkeit führen mußte. Sie hatten von kindauf an deutsch gelernt, Nadeschda erst seit zwei Jahren, nun gebrauchte sie das Deutsch besser als Werner. Er verstand jetzt, warum der russische Pilot seine Pistole auf ihn gerichtet hatte. Kann eine zerschundene Kreatur Unterschiede machen, wie sie Werner gemacht sehen wollte? Haß ist unteilbar, Haß differenziert nicht, nicht in diesem Fall. Die Deutschen hatten Haß gesät, die Ernte würde einmal schrecklich sein. Beispiele des Hasses gab es genug. Er hatte nie begriffen, warum die Russen bei ihrem Vormarsch so grausam verfuhren. Er dachte an die Bilder des Schreckens, die durch die Zeitungen gegangen waren. Erschossene Zivilisten, gefolterte Soldaten, vergewaltigte Frauen, erschlagene Kinder. Das Werk von barbarischen Untermenschen, so hatte es geheißen. Untermenschen? Hatten nicht die Deutschen selbst diese Untermenschen gemacht? Ihr Werk! Waren sie denn im Vormarsch, während der Besetzung, im Rückmarsch ritterlich gewesen? War das, was nun geschah, nicht einfach nur die Antwort der geschundenen Kreatur auf die Schändung ihrer Heimat? Wie hatte Nadeschda eben gesagt? Die Bomben fallen auf euch zurück. Eben, alles, was geschah und geschieht, fiel auf sie zurück, auf sein Land, auf ihn. Bitterkeit und Wut stiegen in ihm auf. Er sagte zu Werner und sah Nadeschda an:

»Jawohl, Werner, wir Deutschen haben mit allem angefangen. Darüber müssen wir uns endlich einmal klar werden. Wir können uns nicht mehr herausreden mit Gehorsam und Pflichterfüllung, wir haben den deutschen Eintopf mitgekocht und werden ihn auslöffeln müssen. Wir haben diesen Haß gesät, jetzt fällt alles auf uns zurück, Auge um Auge, Zahn um Zahn.«

»Na, dann Mahlzeit! Ich weiche der Übermacht«, antwortete der Freund grinsend. Doch mit dem Grinsen verriet er seine Nachdenklichkeit, die er nie gern gezeigt hatte. Nun setzte er hinzu:

»Aber merke dir, nicht du, sie hat mich überzeugt. Hast schon recht, Nadeschda, doch das hilft uns jetzt auch nicht weiter. Die Karre steckt zu tief im Dreck, die holt keiner mehr heraus. Zu spät, sagte der Wandersmann, und warf seine Uhr in den Fluß.«

Noch am Abend, als Bernhard und Nadeschda allein waren, spürte er ihre Nachdenklichkeit. Während ihre Stimmungen sonst immer schnell gewechselt hatten, blieb sie ernst, und ihre Augen sahen durch ihn hindurch, als suche sie

hinter ihnen die Antwort auf ihre Fragen. Im Bett kuschelte sie sich an ihn. Sie ließ es zu, daß seine Hände sie liebkosten, doch sie gab die Liebkosungen nicht zurück. Als er schon meinte, sie sei eingeschlafen, sagte sie plötzlich:
»Ich chabe viel Angst, Lieber.«
»Angst? Um mich, weil ich wieder fliegen muß?«
»Nicht um dich. Um uns.«
»Warum auf einmal?«
»Warum? Du weißt genau, warum. Weil wir so glücklich sind.«
»Das verstehe ein anderer, ich nicht.«
»Siehst du, Glück, das ist doch nix wie ein Geschenk. Das fällt nix wie der Regen auf das Land. Regen kommt nix, wenn der Chimmel blau ist. Glück, unser Glück, dafür müssen wir bezahlen, weil es ein Glück aus blauem Chimmel ist.«
»Bezahlen?«
»Ja, bezahlen. Du weißt, wie ich das meine. Wir chaben das Glück genommen wie ein Geschenk. Aber wir sind nix Kinder, und es ist nix Weihnachten. Denke an vorhin, an das Gespräch mit Werner.«
»Ich will nicht denken, Nadeschda, jetzt nicht. Ich will nur glücklich sein. Für mich ist Glück das einzige, das zählt. Ich meine unser Glück.«
»Ach mein Durak, mein lieber, lieber Durak!«

Nadeschdas Entscheidung

Als Mitte Februar das frühe Tauwetter kam, hatte der Krieg ihre Insel längst wieder eingeklammert. Und Bernhard wußte nun, daß einer Gnadenfrist immer härtere Tage folgen. Doch er war dankbar für diese Frist, die ihnen der Januar geschenkt hatte. Sie war auch eine Prüfung ihrer Liebe gewesen. Sie hatten die Prüfung bestanden. Er empfand Nadeschdas Liebe selbstverständlicher als am Anfang. In ihm war nicht mehr das Staunen, das ein Kind empfindet, wenn es beschenkt wird. Wenn Liebe oft nur jung bleibt, solange die Verliebtheit anhält, so war es bei ihnen anders. Seine Zuneigung war gewachsen, und ihre Zärtlichkeit nahm von Tag zu Tag zu. Es war ein Geben und Nehmen, das ihm die selige Erfahrung bescherte, daß Liebende nie den Gipfel erreichen, von dem aus sie auf den Nehmenden herabsehen können. Denn der Gipfel des Gebens ist unerreichbar.

Freund Werner hatte einmal orakelt, auf die Verliebtheit des Freundes anspielend, daß sich die mit der Zeit schon gäbe. Denn jede Liebe werde nach seiner Meinung zur Gewohnheit und verlöre ihren Reiz.

»Nicht die Liebe zwischen Nadeschda und mir«, hatte Bernhard widersprochen. Er war sich sicher, daß er das richtig beurteilen konnte, eben, weil er über die Klippe der Verliebtheit hinaus ins offene Meer geschwommen war. Und da gab es nur den Halt, den zwei Liebende einander geben konnten.

Wie in der ersten Stunde begehrte er sie. Um so inniger und

bewußter, da er nun täglich hinaus mußte in den Kampf, der ihm nie so sinnlos erschienen war wie jetzt, da er liebte und da er im Feind die Lernäische Hydra zu sehen gelernt hatte, deren neun Köpfe um das Doppelte wachsen, wenn sie abgeschlagen werden. Bernhard lebte seit Stalingrad in der Gewißheit, daß sein Volk diesen Krieg verlieren werde. Er hatte darüber hinaus aber auch erkannt, daß sein Volk in der Hybris, sich über andere Völker erheben zu dürfen, eines Sieges gar nicht würdig war. Und manche dachten wie er, auch wenn es keiner aussprach. Der Sieg hätte seinem Volk und anderen Völkern eine gnadenlose Ordnung gebracht, die nur Herren und Knechte kennt. Das wäre nicht seine Ordnung gewesen. Nun war es soweit, daß der Racheengel der Geschichte sich anschickte, sein Volk für diese Hybris zu strafen. Auf der einen Seite waren sein Werkzeug die Amerikaner mit ihren Bombenteppichen. Eins ihrer fürchterlichsten Fanale war Dresden, die liebreizende Stadt, die er bei seinem Vorbeiflug noch heil gesehen hatte. Auf der anderen Seite waren die Russen sein Werkzeug, die diesem Krieg den höchsten Blutzoll gebracht hatten. Sie waren ins Land eingefallen, um den Rassenhochmut der Deutschen zu brechen. Schon war der Ring um Breslau geschlossen, schon bahnte sich der Todeskampf an, der Kinder und Frauen nicht verschonte.

Aber es gab in diesen Tagen – es gibt sie noch heute – Deutsche, die ihre Augen davor verschlossen, daß jetzt nur auf sie zurückfiel, was sie selbst begonnen hatten.

Im Hinausmüssen sah Bernhard nur noch einen Sinn: das Heimkehren zur Geliebten. Wenn er sie verließ, ihren Kuß noch auf den Lippen, fühlte er ihre Augen, die ihm

nachsahen und ihn hielten. Wenn er zum Einsatz flog, rief er im Lärm der zweitausend Pferdestärken ihren Namen und wußte, daß sie ihn rufen hörte. Nadeschda! Ihm war es, als klänge der Motor seines Flugzeuges sanfter und ruhiger, wenn er das geliebte Wort aussprach.
Hatte er nicht einmal Furcht gehabt, daß er nicht frei und unbeschwert fliegen könne, wenn er einem Menschen fest verbunden war? Hatte er nicht die Bindungslosigkeit immer über alles geliebt und sich in ihr sicher gefühlt? Nun war es umgekehrt: Weil er liebte, weil er gebunden war an diesen guten Menschen, fühlte er sich sicherer und beschützter im Fliegen und im Kampf. Er mußte lächelnd daran denken, daß er einmal des Glaubens gewesen war, Nadeschda nach dem Verlust ihrer Bindung an Heimat und die Gefährtinnen halten zu müssen. Nun war es so, daß sie ihn hielt.
Doch wohin mit ihr, da der Krieg zum letzten Schlag ausholte und auch das Einmannloch beide nicht mehr schützen konnte? Die Front war hörbar nahe. Längst sprachen die Menschen nicht mehr vom Schrecken ohne Ende, sondern hofften auf das endliche Ende mit Schrecken.
Er hatte nie Sorge gehabt, für sich allein einen Ausweg zu finden, ein Loch, sich darin zu verkriechen. Wenn er mit den Kameraden auf die Toten trank, hatten sie oft über das Ende gesprochen. Manche lauthals prahlend, daß sie gedächten, die letzte Kugel für sich aufzusparen. Manche träumerisch phantasierend, daß der Krieg wohl irgendwo weiterginge und sie als Landsknechte riefe. »Wir fliegen weiter«, hatte der Commodore in Schnapslaune prophezeit. »Notfalls in Indochina und mit dem Sternenbanner statt des Hakenkreuzes. Die christliche deutsche Luftfahrt wird

überall in der Welt gebraucht.« Dann hatten sie Beifall gebrüllt und das Wort vom Söldner in fremden Diensten begierig aufgegriffen. Denn das erschien ihnen vorstellbarer, als in die Städte der Heimat zurückzukehren, die nur noch Trümmerhaufen waren. Was sollten sie dort? Dann lieber fliegen, wo auch immer. Manche, auch Bernhard und Werner, hatten davon gesprochen, am letzten Tag in die vollgetankte Maschine zu klettern und irgendwo hinzufliegen, wo der Krieg vielleicht noch eine Insel gelassen hatte. Leben wollten sie, überleben um jeden Preis. Sie waren sich sicher, im Chaos des Untergangs einen Ausweg zu finden. Doch wohin mit Nadeschda? fragte er sich von Tag zu Tag mit wachsendem Bangen. Für sie war in keiner dieser Lösungen Platz.

Werner, der alle Dinge weniger ernst nahm, hatte längst aufgehört zu spotten, wenn Bernhard von seiner Liebe sprach. Werner hatte dem Freund gestanden, wie gut er ihn verstehe. Für diese Frau würde er sich zerreißen, wenn sie zu ihm gehöre. Noch immer gelte das Wort, daß er um sie werben wolle, wenn Bernhard ihrer satt sei. Doch das letztere hatte er wieder spottend gesagt. Werner wußte, daß niemand Nadeschdas satt werden konnte.

Wie denn auch? Diese nußbraunen, großen Augen, deren Farbe so seltsam mit ihren Stimmungen wechselte, daß der flüchtige Beobachter sich nie der eigentlichen Farbe erinnern konnte. Die weichen geschwungenen Brauen, die fröhlichen vollen Lippen. Die weiche, warme Stimme, ihr dunkler Klang, ihr liebenswerter Akzent. Die Wangengrübchen, die so fröhlich hüpften, wenn sie lachte, so daß man sich wünschte, sie würde ein Leben lang nur lachen.

Der zarte braune Teint ihrer Haut, die wie Meer und Wind und Sonne roch, aber weich war wie Samt und zum Streicheln lockte. Die dunklen Haare, die wieder länger geworden waren und in die Stirn fielen. Der fast knabenhafte Körper, der aber alle lieblichen Rundungen aufwies, die zu einer Frau gehörten. Dies alles, mehr aber noch ihre Seele, in der sich Tiefe und Vielfalt, Klarheit und Rätselhaftigkeit, Demut und Leidenschaft vereinten – dies alles lebte nicht, um je ihrer überdrüssig werden zu können. Wenn es das gab, die Liebe, nicht eine Liebe, sondern *die* Liebe, so gestand er sich oft ein, dann hatte er sie gefunden. Und dann mußte er sie festhalten für alle Zeit.
Das war es, das seine Sorgen wachsen ließ von Tag zu Tag. Eigentlich war diese Sorge immer dagewesen, nur war er ihr nie nachgegangen im Gefühl seines Glücks. Jetzt wußte er, daß es selbstsüchtig war, die Sorge wegzuschieben. Wegzuschieben, um dieses Glück auszuleben. Hatte Nadeschda nicht selbst einmal vom gestohlenen Glück gesprochen? Um das Glück muß der Mensch kämpfen, und er muß kämpfen, um das Glück zu erhalten. Nur dann ist er auch des Glückes wert.
Er fragte sich aber auch, warum Nadeschda nicht selbst auf eine Entscheidung drang, da sie doch in größerer Gefahr war als er? Sie wußte aus dem Brief seiner Mutter, daß sie sich zu Hause auf sie freuten und sie aufnehmen wollten. War auch sie leichtsinnig geworden in ihrem Glück? Oder gab es da noch etwas, das sie nicht sagen wollte? Denn schließlich war sie Russin. Sie liebte ihre Sprache und ihre Heimat, sehnte sich nach ihrer Mutter, ihren Geschwistern und ihrem Djeduschka. Mochte es sein, daß ihre Gedanken

nun, da greifbar nahe war, was zu ihrer Heimat gehörte, in eine andere Richtung gingen? Hörte sie nicht von Tag zu Tag mehr Nachrichten, die von drüben in ihrer Sprache kamen? Doch nein, das mochte er nicht glauben. Wäre es so, er hätte es an ihrem Verhalten gespürt. Sie hätte es nicht vor ihm verbergen können in ihrer Offenheit. Ihre Heimat, das war er, wie sie seine Heimat war.

»Wenn ich an deiner Stelle wäre«, gestand ihm Werner, »dann hätte ich sie längst nach Hause gebracht. Doch erstens gehört sie nicht zu mir, und zweitens habe ich kein Zuhause mehr. Ostpreußen, das war einmal, das kommt nicht wieder.«

»Du hast recht«, antwortete Bernhard. »Aber vergiß nicht, daß diese Liebe für mich nicht nur Glück ist, sondern Leben und Sicherheit. Sie macht mich so stark, daß ich überzeugt bin, mir kann nichts geschehen. Verstehst du das?«

»Sicher verstehe ich das. Und trotzdem hast du deinem besten Freund noch nicht verraten, wie sie eigentlich so ist.«

»Wie sie ist?« fragte Bernhard erstaunt. »Du kennst sie doch. Oder wie meinst du das?«

»Wie ich es sage«, antwortete Werner und grinste nun wieder spöttisch. »Ich meine im Bett.«

»Das geht doch wohl nur mich etwas an.«

»Natürlich, sei nicht gleich eingeschnappt, alter Freund. Ich frage als dein Freund, nicht als dein Kumpel.«

Eigentlich hatte Bernhard diese Frage längst erwartet. Sie hatten nie Geheimnisse voreinander gehabt. Er wußte, daß es nicht die übliche Frage unter Landsern war, etwas anzüglich gestellt, abends auf der Bude nach dem Ausgang. Kumpelhaftes Gerede, bei dem sich niemand lumpen ließ,

bei dem jeder gern mit sogenannten Abschüssen prahlte und gewöhnlich deftig übertrieb. Nein, nicht in diese Richtung zielte Werners Frage. Darum legte sich schnell der anfängliche Unwille, und er antwortete ruhig, daß er das nicht wisse. In jedem anderen Fall und bei jedem anderen hätte sich Bernhard das Eingeständnis verkniffen. Es wäre ihm als Schwäche ausgelegt worden und hätte ihm Spott eingebracht. Der Freund machte große Augen:
»Wie, du weißt das nicht?«
»Nein, ich weiß es nicht.«
»Das kann doch nicht wahr sein.«
»Und wenn du dich auf den Kopf stellst, es ist wahr. Ich schwöre dir, daß Nadeschda noch Jungfrau ist und es bleiben wird, bis . . .«
»Bis der Priester seinen Segen gibt?«
»Solange.«
»Mann o Mann, und das passiert ausgerechnet dir?«
Der Freund hatte vor Staunen sein Grinsen vergessen. Er mußte tief Luft holen, dann aber lachte er herzhaft auf:
»Das ist ein Ding! Das erzähle nur keinem anderen. Wenn ich es bisher noch nicht gewußt habe, jetzt weiß ich es.«
»Was weißt du?«
»Was wahre Liebe ist. Doch nun verrate mir, wann du endlich was unternehmen willst. Denn so kann es ja nicht weitergehen. Und wenn es hundertmal die wahre Liebe ist, wenn hier der Zusammenbruch kommt, nimmt niemand darauf Rücksicht. Was willst du unternehmen? Wohin mit deiner Nadeschda?«
»Sie fährt nach Hause, zu meinen Eltern.«
»Also hast du doch nicht geschlafen.«

»Natürlich nicht. Ich wollte sie zuerst mit falschen Papieren in die Bahn setzen, doch das erschien mir zu gefährlich.«
»Mir auch.«
»Jetzt will der Spieß einen Kurier mit Lkw in Richtung Kassel abschicken. Der Stabsgefreite Wagner macht das.«
»Der ist dafür der richtige Mann. Aber wie wollt ihr die Kurierfahrt begründen? Schließlich lauern jetzt an jeder Straßenkreuzung die Kettenhunde von der Feldgendarmerie.«
»Ganz einfach. Wagner soll bei Kassel zwei Bordfunkanlagen abholen, die wir bei der Zwischenlandung Anfang Januar angeblich vergessen haben. Kriegswichtiger Sonderauftrag.«
»Ausgezeichnet. Und dabei macht er einen kleinen Umweg und setzt das Mädchen bei dir zu Hause ab.«
»So läuft es. Sie fährt als Begleitsoldat mit. Der Spieß hat ihr ein astreines Soldbuch ausgestellt.«
»Und Schneider unterschreibt?«
»Er war Feuer und Flamme für diesen Plan.«
»Ein Goldstück. Den haben wir uns zurechtgebogen, aus dem wird noch ein ganzer Kerl.«
»Das kannst du laut sagen, Werner.«
Schneider hatten sie sich zurechtgebogen. Nachdem die Staffel in den letzten Wochen noch zwei Kapitäne verloren hatte, vor denen sie Nadeschda verstecken mußten, war er, inzwischen zum Leutnant befördert, der neue Chef geworden. Anfangs war er nicht gerade begeistert gewesen, doch die beiden Freunde hatten ihm zugeredet und in den fliegerischen Entscheidungen geholfen. Bald machte er seine Sache so gut, daß selbst der Spieß über diesen jungen

Spund, wie er ihn seit seiner Abkommandierung zur Staffel genannt hatte, staunte. Da er den Vorgesetzten nicht herauskehrte, doch besonnen und ruhig verfuhr, wenn er Vorgesetzter sein mußte, errang er sich schnell auch die Achtung der älteren Unteroffiziere und Feldwebel des technischen Personals. Daß sie ihn unter sich weiterhin »das Baby« nannten, war eher Zuneigung als Spott. Die übliche Bezeichnung »der Alte« als Staffelkapitän hätte auch wenig gepaßt für einen knapp zwanzig Jahre alten Offizier. Als Pilot verbesserte er sich von Einsatz zu Einsatz, so daß ihn Bernhard bei kleineren Einsätzen als Rottenführer einteilte. Daß er dabei nun selbst einen Kaczmarek hatte, machte ihn selbstbewußter, doch nicht überheblich, wie es bei jungen Piloten oft der Fall war. Fliegerisch geprägt aber hatten ihn die Wochen, als er bei Werner und Bernhard Kaczmarek gewesen war.
»Das Baby hält sich«, konnte Werner eines Tages feststellen. »Wenn er so weiter macht, wird er bei uns noch ein alter Hase.«
»Dann müßte der Krieg noch länger dauern, als uns lieb ist«, hatte Bernhard geantwortet. »Aber du hast recht, den schießt uns so schnell kein Iwan ab. Dafür wollen wir sorgen, denn einen besseren Kapitän finden wir nicht wieder.«
Und das Baby war es schließlich gewesen, das den Plan für die Dienstfahrt gebilligt und dafür die Verantwortung übernommen hatte. Zwei Tage nach dem letzten Gespräch mit Werner sollte sie angehen. Wagner, der Stabsgefreite, war hell begeistert. Bernhard hatte den leichten Verdacht, daß sich Wagner unterwegs verdrücken würde, doch die

Hauptsache war, Nadeschda kam gut an. Seinen Eltern hatte Bernhard schon von der Ankunft Nachricht gegeben, doch nun war plötzlich sie es, die Bedenken hatte. Erst äußerte sie Furcht vor der Fahrt durch Deutschland, vor möglichen Bombenangriffen unterwegs, dann erklärte sie klipp und klar, sie könne ihn unmöglich hier allein zurücklassen.

»Nix gutt! Ich will nix weg von dir!«

»Aber es ist doch nur für kurze Zeit. Du wartest zu Hause auf mich. Bald ist der Krieg zu Ende, dann bin ich wieder bei dir.«

Doch die Russin blieb störrisch. Sie habe Furcht, allein zu seinen Eltern zu kommen, sie sei eine Fremde.

»Nur mit dir will ich dortchin. Nur zusammen!«

»Aber ich kann hier doch nicht einfach abhauen.«

»Dann will auch ich warten.«

»Und wenn uns die Russen überrollen? Wenn ich in Gefangenschaft gerate? Was dann?«

Da nannte sie ihren wahren Beweggrund, der offenbar schon seit langem in ihrem Kopf gespukt hatte. Daß sie in den letzten Tagen nachdenklicher geworden war, hatte er zwar bemerkt, doch mit keinem Atemzug geahnt, welche Vorstellungen sie mit dem Kriegsende verband. Aufgefallen war ihm nur, daß sie auf einmal regelmäßig die Nachrichten des russischen Senders abgehört hatte. Das hielt er für natürliche Neugierde, auch verstand er, daß sie als Russin andere Interessen mit allen Sendungen in ihrer Sprache verband als er. Er hätte nicht anders gehandelt, wenn er in ihrer Lage gewesen wäre. Nun aber war er sprachlos, als sie mit ihrem Plan herausrückte.

»Wenn der Krieg vorbei ist, Lieber, müssen alle deutschen Soldaten in die Gefangenschaft. Ich weiß es genau, chabe es im Radio gechört. Du kommst weit weg von mir, mußt arbeiten im Lager. Wir sind dann getrennt und finden uns nie wieder.«

»Das glaube ich nicht.«

»Doch, ist die Wahrcheit! Ich weiß es.«

»Unsinn, Nadeschda. Ich werde mich durchschlagen, mich kriegt der Russe nicht.«

»Und ich? Soll ich mich auch durchschlagen?«

»Eben nicht! Du wartest zu Hause auf mich.«

»Gutt. Dann fliegen wir beide nach Chause.«

»Aber das geht nicht. Dort nehmen mich die Feldgendarmen fest und hängen mich wegen Fahnenflucht auf.«

»Nix aufhängen! Bei mir zu Chause sind keine Feldgendarmen.«

Sprachlos starrte er sie an. Jetzt hatte er verstanden. Sie wollte ihn dazu überreden, mit ihr nach Rußland zu fliegen. Also einfach abhauen in die andere Richtung, desertieren. Aber das wäre doch Wahnsinn! Dachte sie in ihrer Naivität etwa daran, daß er da jemals mitmachen würde?

»Unmöglich, völlig unmöglich!«

»Warum unmöglich? Ich nix verstehe.«

»Meine Heimat, mein Zuhause ist doch Deutschland. Ich kann doch nicht einfach die Fronten wechseln wie ein Hemd.«

»So, du kannst nix. Aber ich kann Front wechseln wie ein Chemd, ja? Vergißt du, daß mein Zuchause Rußland ist?«

»Natürlich vergesse ich das nicht. Aber du gehörst zu mir, du liebst mich doch. Die Heimat des Mannes ist auch die

Heimat der Frau. Du sprichst schon meine Sprache, fühlst wie ich, jeder versteht dich hier. Ich aber wäre ein Fremdling bei euch.«
»Nix Fremdling, wenn du mit mir kommst. Wirst schnell lernen meine Sprache und mein Zuhause lieben.«
»Deine Landsleute würden mich massakrieren. Ich habe dir doch die Bilder gezeigt, du hast gesehen, was deine Leute mit deutschen Piloten gemacht haben, die hinter der Front notlanden mußten.«
»Nix massakrieren! Mußt keine Angst chaben, mein Durak. Rußland ist groß und weit. Wir landen nix chinter der Front, wo Soldaten sind, die den Feind chassen. Wir fliegen zum Don. Dort ist Frieden, lange schon. Dort tut dir kein Mensch etwas. Ich bin bei dir und kann sprechen für dich. Ich werde sagen, du chast mich gerettet, du chast mir das Leben gerettet, du bist Antifaschist. Ich werde sprechen für dich.«
Die Leidenschaft, mit der sie von ihrem Plan sprach, den sie wohl schon länger mit sich herumgetragen, aber auch ihre Argumente waren nicht ohne Überzeugungskraft. Wäre das kein Ausweg? Ging nicht in seinem Land alles drunter und drüber? Gab es überhaupt noch ein Zuhause, wenn der Krieg zu Ende war, gab es eine Zukunft für ihn und Nadeschda in einem zerbombten und von Feinden besetzten Deutschland? Seit drei Wochen hatte er keinen Brief mehr von den Eltern bekommen. Wenn sie nun auch ausgebombt waren, wohin dann mit Nadeschda? Die Fahrt, die er mit dem Spieß geplant hatte, war die nicht noch gefährlicher als das Leben hier? War es nicht die beste Lösung, mit ihr dorthin zu fliegen, wo sich der Frieden schon stabilisiert

hatte? Ihr Hinweis war richtig, daß die Russen im Hinterland anders mit ihm verfahren würden als die Soldaten an der Front. Sie würden ihn einfach als Deserteur behandeln, ihn vielleicht sogar beglückwünschen für seinen Schritt. Schließlich konnte Nadeschda für ihn sprechen, konnte alles erklären. Warum sollten die Russen einem deutschen Soldaten etwas antun, der den Krieg auf seine Art beendet hatte?

In Gedanken rechnete er sich aus, wie weit er mit einer vollgetankten Maschine fliegen könnte. Anfangs in Bodennähe, später, wenn keine Flak und keine Jäger mehr zu befürchten waren, weit oben am sicheren Himmel und im Sparflug. Er könnte sich zwei Reservetanks unter die Tragflächen hängen. Hansi, sein Wart, würde das schon machen, ohne viel zu fragen.

Doch nein, selbst mit Reservetanks würde er nicht bis zum Don kommen. Rußland war weit, für dieses Vorhaben zu weit. Ja, wenn er eine Mustang hätte, die flöge doppelt so weit wie die Focke-Wulf. Aber selbst dann, wenn alles gut ging, selbst wenn sie ihn in ihrer Heimat mit offenen Armen aufnehmen würden – könnte er in Rußland leben? In Rußland vielleicht, aber als Russe? Alles aufgeben? Die Heimat, Mutter, Vater ... Er liebte dieses Mädchen über alles, gewiß, doch er hatte mit Nadeschda und seiner Liebe zu ihr immer seine Heimat verbunden. Die sollte er aufgeben? Der Krieg, die Gefahr, die bangen Fragen um das Ende, das alles wäre mit einem Schlag vorbei. Leben aber, das konnte er nur in Deutschland. Leise sagte er:

»Nein, Nadeschda, es geht nicht.«

»Warum geht nix? Warum ist richtig und möglich, daß ich

komme zu dir, warum ist falsch und unmöglich, daß du kommst zu mir? Warum? Laß uns fahren, bitte!«

»Fliegen, es heißt fliegen.«

»Weiß ich doch! Fliegen!«

Warum es nicht ging, das mochte und konnte er ihr nicht in aller Ausführlichkeit erklären. Sie hätte gefühlt, daß viele seiner Erklärungen nichts weiter gewesen wären als Ausflüchte. Ihre Argumente waren überzeugender als seine. Desertieren hatte einen Sinn in diesem Krieg und zu diesem Zeitpunkt. Er wäre nicht der erste, der diesen Schritt wagte. Er bedeutete Gefangenschaft, natürlich, er bedeutete aber auch Sicherheit. Bleiben oder fliegen, das war so oder so ein Glücksspiel, wenn er nicht nur an sich, sondern an sie dachte. Wenn er aber mehr an sie dachte, dann war fliegen der richtigere Schritt. So sagte er und wußte, daß es nicht die reine Wahrheit war:

»Es geht nicht. Wir kommen nicht weit. Eine gute Stunde Flugzeit, dann ist das Benzin alle. Kannst du dir vorstellen, wie weit wir in einer Stunde fliegen?«

»Weit weg von der Front.«

»Nicht weit genug. Man wird mich einsperren und uns trennen.«

»Ich werde warten auf dich.«

»Man wird auch dir Schwierigkeiten machen, wenn du sagst, daß du den feindlichen Soldaten liebst. Das ist mir zu unsicher.«

»Gutt! Wenn du so sicher bist, dann nix! Aber dann will auch ich bei dir bleiben.

Sie sagte es ruhig und ernst. Er wußte, daß jeder weitere Versuch, sie zu dieser Dienstfahrt zu überreden, keinen

Sinn mehr hatte. Er war auch nicht mehr überzeugt, daß die Dienstfahrt gut ausgehen würde. So blies er sie kurzentschlossen ab. Der Hauptfeldwebel runzelte nur die Stirn, schien aber sichtbar erleichtert, ihm war nicht wohl in seiner Haut gewesen.

»Na, dann nicht alter Schwede. Ich habe mein Bestes versucht und wasche meine Hände in Unschuld. Seht zu, wie ihr eure Angelegenheit selbst schaukelt.«

Nächtlicher Flug

Die letzten Februartage machten den Platz zur Waschküche. Matschig, feuchtkalt, dunstig, und aus dem Dunst quälte sich eine glasiggelbe Sonne hervor. Auf den Feldern, die den Platz begrenzten und die schon den grünen Teppich der Wintergerste trugen, krächzten große Schwärme von Krähen, die sich um Würmer stritten. Die Bauern hatten im Spätherbst gesät wie vor Jahren und Jahrhunderten, doch sie waren nicht mehr da, um diese Felder einmal zu ernten. Denn nun hatte auch Niederschlesien das Heil in der Flucht gesucht. Das nahe Dorf lag wie ausgestorben, kein Rauch kam mehr aus den Schornsteinen, die heimischen Herde waren erloschen. Schon beim letzten Einsatz vor Beginn der Schlammperiode hatte Bernhard beobachtet, daß die Straßen und Wege in Richtung Westen von den Flüchtlingstrecks überfüllt waren. Ströme ohne Ende, in die sich die zurückflutenden Frontsoldaten mischten, so daß in diesem heillosen Durcheinander der vorrückende Russe der schnellere sein mußte.

Der Wehrmachtsbericht meldete schwere Abwehrkämpfe im Raum südlich von Breslau. Die Versuche des Feindes, die Oder in breiter Front zu überschreiten, seien im erbitterten Abwehrkampf der deutschen Grenadiere steckengeblieben. Den genauen Wortlaut hatte Bernhard nicht im Gedächtnis aufgenommen, doch erinnerte er sich später, daß das Wort Zuversicht oder zuversichtlich mehrmals vorgekommen war. Es nahm sich fremd aus in der militärischen Fachsprache, wie eine Blume, die aus dem Asphalt wächst, in den der

Frost Löcher gebrochen hat. Die Blume verfremdet den Asphalt wie das Wort den Bericht und blüht nur solange, bis die Straße wieder ausgebessert wird. Das Wort Zuversicht aber war nicht einmal erblüht. Nur schmückendes Beiwort, das den Bericht verfälschte. Die Zeichen sahen anders aus. Tag und Nacht grollte der Kanonendonner zu ihnen herüber. An ihm konnten sie messen, daß die Front näherrückte. Sie kam nun selbst zu ihnen, während sie, die Flieger, auf dem Platz blieben, der eine einzige Schlammpfütze geworden war und jeden Start verbot. Sie saßen in der Falle, die das Gros des Geschwaders vor Tagen noch rechtzeitig verlassen hatte. Der Commodore hatte das Geschwader nach Neisse verlegt, nur die zweite und dritte Staffel waren als Nachhut zurückgeblieben. Hier sollten sie weitere Befehle abwarten.

Statt des Befehls kam der Russe. Am späten Nachmittag kroch der Nebel noch dichter aus den Feldern. Als die Dunkelheit sich in den Nebel mischte, hörten sie von der Straße her ein neues Geräusch, das viele noch nie gehört hatten und das sich vom Räderrollen der Flüchtlingswagen und dem Motorenlärm der Krads und Lastwagen, mit denen die Soldaten flüchteten, ganz wesentlich unterschied: Unverkennbares Knirschen und Rasseln der Panzerketten, quälendes Aufheulen der schweren Motoren, begleitet vom kurzen Aufbellen der Panzerkanonen.

Schneider, der nun die Verantwortung über die Zurückgebliebenen trug, zeigte in dieser Lage erstaunliche Ruhe. Nachdem er mehrmals vergeblich versucht hatte, mit dem Verband Kontakt aufzunehmen, ordnete er die Abfahrt der Staffeln an. Die Lastwagen waren ohnehin schon mit dem

Nötigsten bepackt. Die Piloten sollten nach der Abfahrt des technischen Personals ihre startklaren Maschinen besteigen, die Nacht abwarten und bei Tagesanbruch starten. Man könne das wohl wagen, da die Nachtkühle den Boden des Platzes für einige Stunden erhärten würde, bevor ihn die Sonne wieder aufweichte. So jedenfalls sei es in den letzten Tagen gewesen. Er glaube kaum, daß der Russe in der Nacht den Platz angreife. Für diesen Fall sei er nicht in der Lage, einen Befehl zu geben und ganz auf die Erfahrung der älteren Flugzeugführer angewiesen.

Für die gab es nichts zu überlegen. Ein Pilot wagt hundertmal lieber die Flucht in der Maschine, als daß er sich anderswie durchschlägt. Auch wenn ein Nachtflug bei schlechten Startverhältnissen zu einem Vabanquespiel werden konnte. Solange sich der Propeller dreht, war nichts verloren.

»Ich fliege«, sagte Werner, »komme, was wolle.«

»Ich auch!« riefen ein paar andere wie aus einem Munde.

»Natürlich fliegen wir«, sagte Bernhard. »Allerdings nehmen wir unsere ersten Flugwarte mit.«

In Schneiders Rechnung nämlich paßte Nadeschda nicht. Die wollte Bernhard nicht mit dem Troß fahren lassen, der dem Feind in die Hände fallen konnte. Da würde ihr nicht helfen, daß sie Russin war. Als Russin hätte sie in den Baracken bleiben und auf ihre Leute warten müssen, anstatt vor ihren Leuten davonzulaufen. Am Nachmittag hatte er sie gefragt, was sie zu tun gedenke, wenn der Russe überraschend den Platz angreife. Damit sei nun wohl zu rechnen. Sie hatte keinen Augenblick gezögert:

»Ich komme mit dir.«

»Hast du auch daran gedacht, daß sie dir nichts tun werden, wenn du sagst, du seist vor den Deutschen geflohen, du hättest dich durchgeschlagen zur Frontlinie?«
»Ich chabe viel gedacht. Aber wenn sie mit ihren Panzern nach chier kommen, werden sie auf alles schießen. Ich will nix sterben von einer russischen Kugel. Ich gehe mit dir.«
Nach dieser kurzen Unterredung gab es für ihn nur die eine Entscheidung: mit Nadeschda fliegen! Mochten die anderen tun, was sie für richtig hielten. Mit Hansi, seinem ersten Wart, war er schnell einig geworden. Der wollte um keinen Preis als blinder Passagier im Flugzeug mitfliegen. Da kannte er sich aus:
»Bitte, laß mich mit dem Troß fahren. Da hinten drin, das habe ich einmal in meinem Leben getan, damals, an der Kurlandfront. Ich habe Blut und Wasser geschwitzt und vor Angst gekotzt. Ich kam mir vor wie in einem fliegenden Sarg. Wenn du mir einen Gefallen tun willst, so verschone mich davor. Im Notfall verlasse ich mich lieber auf meine Füße.«
»Mit den ersten Warten fliegen?« fragte Schneider nun erstaunt. »Warum sollen wir die auch in Gefahr bringen?«
»Erstens ist die Gefahr relativ«, entgegnete Bernhard, »sie ist hier wie dort gleich groß. Zweitens brauchen wir ein paar Techniker, die uns beim Starten und nach der Landung helfen. Unsere Maschinen sind ein paar Tage nicht geflogen, wenn es da eine Panne gibt, ist der Flugzeugführer allein aufgeschmissen und kann den anderen nachwinken.«
»Aber geht denn das überhaupt?« gab Schneider zu bedenken. »Ich habe noch nicht gehört, daß in der Focke-Wulf Platz für zwei Mann ist.«

»Dann frag mal Feldwebel Pape, wie wir das in Insterburg geschaukelt haben, als uns dort der Russe überrollte.«

»Klare Sache«, pflichtete Werner bei. »Im Rumpf ist Platz genug. In Insterburg sind wir damals mit den Flugwarten abgehauen. Die können durch die Seitenklappe in den Rumpf steigen und sich mit ein paar Karabinerhaken an den Verstrebungen festschnallen. Dann liegen sie wie in Abrahams Schoß. Steht zwar nichts davon in der Betriebsanweisung, aber die Praxis hat bewiesen, daß es geht.«

»Gut, wenn ihr meint, dann machen wir das«, befand Schneider.

Für ihn konnte nur richtig sein, was ihm zwei alte Hasen empfahlen. Daß ein Wart im Notfall sehr nützlich sein kann, leuchtete ihm ein. Sie nahmen Abschied vom technischen Personal und gingen mit den Flugwarten zu ihren Maschinen. Daß die Russin dabei war, merkte in der Dunkelheit niemand, es hätte wohl auch keinen gestört. Nur Werner wußte, wer beim Freund als erster Wart mitfliegen sollte. Im Dunkeln und nur miteinander flüsternd überprüften sie die Maschinen, verfrachteten die Warte, die nun wohl in ihren dunklen Verliesen mehr Angst auszustehen hatten als ihre Piloten, und kletterten in die Kabinen. So wollten sie den Morgen abwarten, jedoch bereit, auch bei Dunkelheit zu starten.

Bernhard saß vor dem Steuerknüppel und lauschte in die Nacht. Es war alles getan. Er hatte Nadeschda, der er zuvor eine Lederkombination zum Schutz gegen die Kälte besorgt hatte, weich in mehrere Decken verpackt im Rumpf festgeschnallt. Er wußte sie dort so sicher oder auch so unsicher wie sich selbst. In seiner Hand lag nun alles. Da sie weniger

Raum benötigte als ein ausgewachsener Flugzeugwart, hatte sie noch ein Bündel mit den nötigsten Sachen bei sich. Nachdem er sie geküßt und ihr gesagt hatte, sie brauche keine Angst zu haben, er werde das schon schaffen, hatte sie geantwortet: »Warum Angst? Du bist doch bei mir! Angst chabe ich nur bei den anderen. Ich weiß, es wird alles gutt.« Das alles war im Dunkeln vor sich gegangen. Er hätte nicht wagen dürfen, die Taschenlampe anzuzünden. Doch er hatte ihre Augen gefühlt, die voller Vertrauen waren. Ihr Vertrauen hatte ihn ruhig und sicher gemacht.
»Ich schließe dich jetzt ein«, hatte er mit warmer Stimme gesagt. »Wenn ich die Klappe wieder öffne, dann wird alles gut sein.«
Draußen wurde es kühler. Das Rasseln der Panzerketten war seit Stunden nicht abgerissen. Das war eine Armee, die sich da vorwärtswälzte, nördlich, auf der großen Straße, alles niederreißend, was sich ihr in den Weg stellte. In der Ferne sah er das gespenstische Aufblitzen von Mündungsfeuern, hörte er das Detonieren von Geschossen. Der Nebel hatte sich ein wenig verzogen. Wer traf hier eigentlich noch wen? dachte er. Kämpften zurückflutende Infanteristen oder Panzergrenadiere mit ihren Panzerfäusten gegen Kolosse vom Typ 34? Oder war der Widerstand längst gebrochen, und nur die Panzerkanonen schossen noch auf die flüchtenden Fahrzeuge? Die da in den Panzern saßen, richteten sich nach ihren Orientierungskarten. Auf denen mochte der kleine Feldflughafen nicht eingezeichnet sein, sonst wären sie längst abgebogen und hätten hier einen Feuerzauber veranstaltet. Gut, daß der Platz abseits lag. So konnten sie wohl den Morgen abwarten. Ob die Kameraden

vom technischen Personal durchgekommen waren? Er stellte sich den Hauptfeldwebel vor, mit der Maschinenpistole vor dem beachtlichen Bierbauch, nun Häuptling der Mohikaner! Oder sollte sich irgendwo im Westen der stählerne Ring schon geschlossen haben?

Er atmete tief die Luft ein. Sie war noch klar und frisch, noch nicht verpestet vom Pulverdampf, der wie ein grauer Nebel am Horizont hing, ein blutiggrauer, tödlicher Nebel. In ihm war keine Furcht. Seine Hand streichelte zärtlich die kleinen Knöpfe und Hebel vor ihm am Armaturenbrett, den Gashebel, den Steuerknüppel, die Trimmräder. Er wußte auch mit geschlossenen Augen, wo sich alles befand und wie es zu bedienen war. Ein paar tausend Flüge mit der Focke-Wulf 190, da kam auch ein Blinder klar! Ein leichter Druck auf diesen Knopf, kurze Drehung, zählen bis acht: der Motor würde aufheulen, der Propeller würde sich drehen und das Flugzeug nach seinem Willen wegziehen aus jeder Gefahr. Wer sein Schicksal in eigener Hand hat, der braucht sich nicht zu fürchten. Wie aber sah es in Nadeschda aus, die wenige Meter hinter ihm lag, die seine Augen nicht sehen, seine Stimme nicht hören, seine Hand nicht fühlen konnte? War ihr Vertrauen groß genug, um die Angst, die sie fühlen mußte, zu verdrängen? Sie konnte nichts tun. Es war wie damals im Einmannloch. Doch damals konnte sie wenigstens die Wärme seiner Brust fühlen.

»Ich bringe dich hier heraus«, flüsterte er. »Ich schaffe es!«

Was ging in den Köpfen der anderen vor, die in den Maschinen saßen oder lagen? Vierzehn Focke-Wulf mit siebenundzwanzig Männern und einer Frau. Er konnte die Umrisse der anderen Maschinen erkennen, die bulligen

Schnauzen mit den Doppelsternmotoren, die nach Osten ausgerichtet standen, von woher der Wind kam. Der Wind – der Feind konnte von überall herkommen. Die Baracken lagen im Dunkel wie die Grenze des Platzes, vor der sie abgehoben haben mußten, wenn es soweit war. Sie hofften auf die Morgendämmerung, doch wenn die Panzer bei Nacht kamen, mußten sie vorher den Start wagen. ›Ich gebe das Zeichen‹, hatte er ihnen noch gesagt. ›Wenn ich den Motor anlasse, dann wißt ihr, was ihr zu tun habt.‹ Doch die Panzer blieben in sicherer Ferne und schienen nur ein Ziel zu kennen.

Die Zeit tropfte dahin, zu zähflüssig, um die Stille als Ruhe empfinden zu können. Sein Blick hing an der Borduhr, deren Leuchtzifferblatt ihn magnetisch anzog. Er zählte die Minuten, seine Ohren lauschten in die Nacht. Der Sekundenzeiger tickte gleichmäßig und kam voran, doch der Minutenzeiger schien auf der Stelle zu stehen. Er zwang sich dazu, längere Zeit nicht hinzusehen, wenn er dann wieder hinsah, waren kaum eine oder zwei Minuten verstrichen. Als wollte ihn die Uhr narren. Nervenzehrendes Warten.

Als die vierte Morgenstunde anbrach, hörte er das Rasseln der Ketten und das Würgen der Motoren lauter. Das waren Panzer, die nicht mehr in der Ferne vorbeifuhren. Sie steuerten den Platz an. Er hörte deutlich das Knicken von Bäumen, glaubte Stimmen zu vernehmen. Er mußte handeln, jetzt oder nie.

Er schloß das Kabinendach, ließ den Motor an, der freudig aufzuheulen schien. Fester Tritt auf die Bremsen, Vollgas. Zurücknehmen des Gashebels, Fuß von den Bremsen, langsames Anrollen. Während dieser Handgriffe hörte er, daß die anderen Piloten seinem Beispiel gefolgt waren. Die Räder wühlten durch den Schlamm. Er rollte zuerst mit weniger Gas, um die Räder nicht durchdrehen zu lassen. Als sie endlich Boden faßten, schob er Gas zu, rollte schneller, erkannte zur Rechten die Umrisse der Baracken, sah auf den Kompaß und wußte, daß die Richtung stimmte. Die Rollgeschwindigkeit nahm zu, noch weit vor der Platzgrenze konnte er die Maschine abheben und das Fahrwerk einziehen. Als er in Bodennähe die erste Steilkurve nach links flog, sah er hinter sich in langer Reihe die Flammen aus den Auspufftöpfen der folgenden Maschinen schießen. Sie rollten und starteten in kurzen Abständen, ihn als Richtpunkt nehmend. Dort aber, wo sie eben noch gestanden hatten, tasteten Scheinwerfer durch das Dunkel. Den Scheinwerfern folgte das Aufblitzen von Mündungsfeuern. Die Russen hatten die westliche Platzgrenze erreicht, aber um wenige Sekunden zu spät. Bis auf eine Focke-Wulf, die an der östlichen Platzgrenze explodierte, getroffen oder zu spät abgehoben, das war nicht auszumachen, hingen alle in der Luft.

Seltsames Gefühl, ins Dunkle zu fliegen, nur die Geräte vor Augen, die ihm Richtung, Höhe und Fluglage anzeigten. Er zog höher auf achthundert Meter, bis er die ersten Wolkenfetzen erkannte, drosselte die Geschwindigkeit, schaltete die Signallichter an den Flächenenden ein und befahl über Kehlkopfmikrophon:

»Wolf zehn an alle. Dicht aufschließen. Alle Lichter aus. Haltet euch an meine.«

Er übernahm wie selbstverständlich das Kommando und

war sich sicher, daß die anderen froh darüber waren. Nachtflugerfahrung hatte keiner von ihnen. Da war es nur natürlich, dem zu folgen, der sich als Leithammel anbot. Wie es weitergehen sollte, wußte er in dieser Minute nicht. In dieser Minute war nur eins wichtig: sie waren dort unten weg, sie waren in Sicherheit. Daß er nicht allein flog, konnte er an den Auspufflammen der anderen Flugzeuge erkennen.

Die Dunkelheit war unverändert. Kein Mond, kein Stern, über ihnen mußte eine dicke Wolkendecke liegen. Nur unten sah er das Aufblitzen von Mündungsfeuern und zahllose Brände auf der Straße, die nach Westen führte, in die Richtung, die sie flogen. Diese Irrlichter unten machten die Dunkelheit oben noch dunkler. Er konnte nicht in dieser Höhe bleiben, wenn die Berge kamen. Er mußte nach oben durchstoßen. Er befahl, näher aufzuschließen und alle Lichter zu zünden. Niemand durfte jetzt den Anschluß verlieren. Als der Höhenmesser viertausend Meter anzeigte, hatte er das gute Gefühl, die Sterne über sich zu wissen.

Jetzt lagen nur Wolken unter ihm, deren obere Schicht matt glänzte. Der Weg war frei, doch das Ziel noch unbekannt. Er flog genau Westkurs. Während er an Hand der Karte franzte und fieberhaft seinen Standort auszurechnen versuchte, meldete sich Schneider.

»Wolf eins an zehn. Bitte melden. Wohin fliegen wir?«

Wohin fliegen wir? dachte er und hatte als Antwort »in die Hölle« auf der Zunge. Vor ihm lag irgendwo Neisse, wo sich das Geschwader aufhielt. Wer aber sollte sie erwarten? Vielleicht waren auch dort schon die Panzerspitzen der

Russen! Konnte er dort die Wolkendecke ungestraft durchstoßen? Vielleicht, daß sie Landelichter setzten? Verdammte Verantwortung! Er fühlte, wie er unter der Kombination schwitzte. Verbindung mit dem Platz aufzunehmen war in dieser Höhe und Entfernung nicht möglich. Ja, wenn sie Mustangs oder Lightnings hätten!
Die Amis flogen mit ihren Fernjägern nach einem modernen Leitsystem und hatten die kompliziertesten Funkgeräte in ihren Kisten. Man erzählte von Radar. Die konnten jeden Platz anpeilen und eingewiesen werden. In ihren Focke-Wulf gab es nur die Sprechfunkanlage zur Verständigung untereinander. Vom Landeplatz kam nur dann ein Leitstrahl, wenn sie angemeldet waren. Nein, sie erwartete niemand. Sie hingen zwischen Wolken und Sternen, ohne Wissen von Wetter, Windrichtung, Windstärke, unterer Wolkengrenze. Wie konnte er da durchstoßen und wo? Er konnte aber auch nicht oben bleiben, bis es unten hell war. Der Sprit reichte, gut gerechnet, für neunhundert Kilometer. Er mußte ... verdammt! ... wieder meldete sich Wolf eins.
»Wolf zehn an Wolf eins«, antwortete er. »Absolute Funkstille. Keine Zielangabe über Funk. Machen sonst Indianer wild.«
»Viktor. Verstanden. Ende.«
Na endlich! Laß mich jetzt in Ruhe mit deinen Fragen. Indianer waren in ihrer Funksprache feindliche Jäger. Hätte er jetzt das Flugziel genannt, das ihm blitzschnell eingefallen war, als Schneider sich zum zweitenmal meldete, so hätte ihnen der Russe mit Sicherheit ein Begrüßungsgeschwader geschickt. Der Russe hörte ständig den Bordfunk

des Feindes ab, so daß man sich nur spärlich und verschlüsselt unterhalten durfte.
Sein Flugziel war Proßnitz, natürlich. Dort sollte der nächste Sammelhafen des Geschwaders sein, wenn die niederschlesische Front zusammenbrach. Warum also nicht gleich dorthin? Oder war das da unten etwa kein Zusammenbruch? Gut, auch dort erwartete sie vermutlich niemand. Vielleicht gaben sie dort sogar Luftalarm, wenn sie den anfliegenden Verband ausgemacht hatten. Dann bereitete ihnen die Flak mit Sicherheit einen reizenden Empfang. Ach, Unsinn! Das war die einzige Möglichkeit, um heil herunterzukommen, er konnte ja rechtzeitig seine Visitenkarte abliefern. Notfalls im Klartext. Irgendjemand würde da unten schon wach sein.
Was ihm an dieser Lösung besonders gefiel, war die Tatsache, daß er Proßnitz und Umgebung kannte wie seine eigene Westentasche. Er hatte dort einmal beim Ersatzhaufen geschult. Guter Platz, keine Berge. Also ideal, wenn er durch die Wolken mußte. Bis zur Erde würden sie schon nicht reichen. Allerdings mußte er aufpassen, die Platzhöhe war etwa zweihundert Meter über Meeresspiegel. Also gleich Höhenmesser darauf einstellen! Nur hinkommen mußte er. Er rechnete erneut, verglich mit der Franzkarte, flog eine leichte Korrekturkurve. Der Verband blieb dichtauf. Er meldete sich:
»Wolf zehn an alle. Kurs zweihundertzwanzig Grad.«
Von Wolf sieben kam Rückfrage: »Fliegen wir Bier oder Schnaps?«
Werner flog die schwarze Sieben, er hatte also den Braten gerochen. Brünn oder tschechisch Brno hieß damals in der

Verschlüsselung Bier. Aus Jux hatten sie Proßnitz den Tarnnamen Schnaps gegeben.

»Schnaps natürlich«, gab er zur Antwort.

»Schnaps ist gut. Ende.«

Was wohl die anderen von diesem Gespräch halten mochten. Das gute Baby hatte jetzt bestimmt Grund zum Grübeln. Sollte er, dann war er wenigstens beschäftigt. Wie Kletten hingen sie nun alle an seiner Kiste. Die halten dich bestimmt für den Weihnachtsmann! Er lachte auf. Im gleichen Moment fiel ihm Nadeschda ein. Mein Gott, was mochte in ihr vorgehen? Sie lag ein paar Meter hinter ihm und sah nicht einmal die Sterne. Nicht eine Sekunde lang hatte er seit dem Start an sie gedacht. Hielt sie die Augen geschlossen oder starrte sie ins Dunkel? Ob sie fror? Woran dachte sie? Er suchte ihre Augen und sah sie. Sie lächelten ihm zu. Sie vertrauten ihm. Wir schaffen es! sagte er laut und kontrollierte die Geräte. Der Kurs stimmte, die Höhe war unverändert. Plötzlich vernahm er ein Summen in der Membrane. Da sang doch tatsächlich jemand bei eingeschaltetem Mikrophon! Und natürlich falsch wie immer. Werner!

»Wolf sieben«, meldete er sich, »stell das Ding ab!«

Doch dann sang er mit lauter Stimme, was der Freund eben nur gesummt hatte:

Wildgänse rauschen durch die Nacht / mit schrillem Schrei nach Norden / unstete Fahrt habt acht habt acht / die Welt ist voller Morden.

Aus zwölf Kehlen kam das Echo, alle sangen mit. Verdammt und zugenäht! dachte Bernhard, du hast das Mikrophon nicht abgeschaltet. Doch dann grinste er: mag sich der

Russe seinen Vers darauf machen. Singen hebt die Moral, hatte sein Rekrutenausbilder immer behauptet. Laut und mit eingeschaltetem Mikrophon sang er weiter, begleitet von den Stimmen der Kameraden:
Rausch zu fahr zu du graues Heer / rausch zu fahr zu nach Norden / fahrt ihr nach Süden übers Meer / was ist aus uns geworden . . .
»Lied aus. Funkstille!«
Er hatte ein gutes Gefühl, als er das Mikrophon ausschaltete und nur noch das gleichmäßige Brummen seines Motors hörte. Später sagte ihm einer von denen, die mit ihm geflogen waren:
»Glaub mir, ich hatte einen märchenhaften Schiß bis dahin. Ich dachte, diesmal kommst du nicht heil runter. Doch nach dem Lied, da war alles mit einem Schlag wie weggeblasen. Da wußte ich, daß es gut geht.«
Unter ihm mußte das Altvatergebirge liegen, wenn er auf Kurs war. Fünfzehnhundert Meter hoch. Keine Gefahr. Nach dem Gebirge kam bald die große Senke, das nordmährische Becken, das gelobte Land. Da konnte er durchstoßen. Ob die Abtrift stark war? Er hatte keine Ahnung, woher und wie stark der Wind wehte. Gestern kam er noch aus Nordost, aber unten am Platz. Heute und hier oben konnte das ganz anders aussehen. Er korrigierte den Kurs um einige Sicherheitsgrade nach Westen. Nur nicht zu nahe an die Front. Wenn du nachher etwas Sicht hast, kannst du immer noch nach Osten einkurven. Er studierte noch einmal die Karte, die er ohnehin im Kopf hatte. Wenn er kein Vollidiot war, mußte er auf Kurs liegen. Dann war gleich Olmütz unter ihnen. Die Maschine lag in der Luft

wie ein Brett. Ein letzter Blick zu den Sternen, sie schienen ihm fröhlich zuzuwinken. Im Osten ein Hauch von Morgendämmerung. Jetzt mußte er es wagen:
»Wolf zehn an alle. Ran auf Tuchfühlung. Macht eure Lichter an. Wir tauchen.«
Er drosselte die Geschwindigkeit und stieß in die Wolkendecke hinein. Die anderen blieben an seiner rechten Tragfläche wie beim Schulflug. Wer jetzt den Anschluß verpaßte, war verloren. Ein Auge hing am Höhenmesser, das andere stach nach vorn. Dreitausend Meter, zweitausend, tausend. Verdammt, noch immer Wolken! Wann war diese Decke endlich zu Ende? Wenn jetzt... Nein, was sollte jetzt noch kommen!
Bei achthundert Meter waren sie durch und noch immer auf Tuchfühlung. Unten schimmerte ein helles Band. Das war die March – oder doch die verdammte Oder? Nein, natürlich die March, und der dunkle Schatten am Fluß einwandfrei Olmütz. Er drückte tiefer bis auf dreihundert Meter. Vor ihm wieder ein Schatten: Proßnitz. Die Umrisse dieser Stadt waren auch in der Dunkelheit unverkennbar. Wie oft hatte er sie angeflogen. Jetzt kam es darauf an, daß die dort unten richtig schalteten und nicht dachten, da käme ein feindlicher Verband. Er meldete sich:
»Hier kommen die Mickymäuse. Brauchen Landelichter.«
Eine Mickymaus auf einer Bombe reitend, das war ihr Geschwadersymbol. Fast schlagartig gingen unten die Landelichter an. Er hatte das Gefühl, als sei Weihnachten. Prompte Bedienung! Sogar Rauchzeichen hatten sie gesetzt. Nicht zu fassen!
Letzter Befehl an die anderen:

»Abstand vergrößern. Scheinwerfer an. In Abständen landen.«
Er kurvte ein, schwebte an, setzte auf. Als er ausgerollt war, verfolgte er an der Platzgrenze die Landemanöver der anderen. Einwandfrei, butterweich, einer nach dem anderen. Er rollte den bekannten Weg zur Abfertigung, sprang aus der Maschine, öffnete die Rumpfluke. Die Platzbefeuerung war inzwischen wieder gelöscht, so daß er nichts erkennen konnte.
»Nadeschda«, rief er, »bist du in Ordnung?«
Keine Antwort. Er kramte die Taschenlampe aus der Kombitasche und leuchtete ins Innere des Rumpfes. Das kann doch nicht wahr sein! dachte er. Nadeschda schlief wie ein Murmeltier. Er mußte sie wachrütteln.
»Du, Lieber? Wo sind wir?«
»Am Ziel. Der Ort heißt Proßnitz. Hier werden wir wohl vorerst bleiben.«
»Ach, ich chabe geträumt, wir fliegen zum Don. Ich dachte, wenn ich aufwache, dann bin ich zu Chause.«
Er lachte:
»Hast du etwa die ganze Zeit geschlafen?«
»Die ganze Zeit. Ich chabe gespürt, wie wir gerollt sind, das chat mächtig geschüttelt. Dann war plötzlich alles ganz leicht, ich chabe mich gefühlt wie in einer Wiege. Da bin ich wohl gleich eingeschlafen.«
Verwundert schüttelte er den Kopf. Da waren sie um ihr Leben geflogen, dieses Mädchen aber war einfach eingeschlafen und hatte von allem nichts mitbekommen. Beneidenswert! Er schnallte sie los, half ihr beim Aussteigen. Inzwischen waren die anderen herangekommen. Nur sche-

menhaft konnte er im Dunkeln ihre Gesichter erkennen, in denen noch die Anspannung der letzten Stunde geschrieben war. Sie drückten ihm alle fest die Hand.

»Mann o Mann«, brummte Werner, »was hättest du bloß gemacht, wenn du hier nicht so gut wie zu Hause wärest!«

»Eine Bauchlandung auf dem Altvater.«

Sie lachten auf wie befreit.

»Das werden wir dir nie vergessen«, sagte Schneider. Der Staffelkapitän der Dritten ging stumm auf Bernhard zu und umarmte ihn.

»Nun macht's aber mal halblang«, antwortete Bernhard, »und hört mit dem Bahnhof auf. War doch alles nur Routine.« Er unterdrückte mit diesen Worten die Rührung, die auch ihn erfassen wollte. Dann erst fragte er, wen es am Platz erwischt hatte.

»Einer aus meiner Staffel«, sagte der Chef der Dritten. »Oberfähnrich ...« Er suchte sich des Namens zu erinnern, den auch die anderen vergessen hatten. »Kam vor zwei Tagen an, ich glaube, mit der letzten Eisenbahn. Muß mal nachher in den Papieren nachsehen.«

»Der hat sich bestimmt beeilt, um diesen Zug nicht zu verpassen«, kommentierte Werner. Es klang ein wenig deplaziert, mochte aber die Wahrheit sein.

Während dieser kurzen Unterhaltung war der Fliegerhorstkommandant mit einem Pkw herangefahren, begrüßte die Gruppe und fiel aus allen Wolken, als die beiden Staffelkapitäne Einheit, Stärke und den letzten Standort meldeten.

»Was denn! Sie sind ja ein ganz anderer Haufen. Ich habe Ihren Oberstleutnant erwartet. Der wollte bei Dunkelheit mit dem Geschwader von Neisse starten, weil die Luft dort

zu eisenhaltig geworden ist. Deswegen standen wir in Alarmbereitschaft. Sie sind überhaupt nicht angemeldet!«
Daher also die prompte Bedienung. Die hatten hier Festbeleuchtung gemacht, weil sie das Geschwader mit dem Kleinen erwarteten. Bernhard atmete tief aus, auch die anderen fanden zunächst kein Wort. Nur Werner brummte sein »Mann o Mann« und brach in ein Lachen aus, in das die anderen einstimmten. Wenig später hörten sie von Norden her das Brummen des einfliegenden Verbandes.
»Sie kommen, Herr Major!«
»Habt ihr Verbindung?«
»Jawohl. Es sind die Mickymäuse. Noch einmal! Sie bitten um Landeerlaubnis.«
»Dann los, Landelichter und Rauchzeichen!«
Während im Osten langsam der Morgen heraufdämmerte, landeten die Maschinen des Schlachtgeschwaders. Im Zwielicht von Nacht und Morgen kam der Kleine mit forschen, schnellen Schritten auf sie zu und riß staunend die Augen auf, als er erkannte, wen er da vor sich hatte.
»Was macht ihr denn hier? Ich dachte, euch hätte längst der Iwan kassiert. Ich habe keine Verbindung zu euch bekommen, ihr solltet schon gestern mittag fliegen.«
Die beiden Staffelkapitäne bauten ihr Männchen und machten dem Commodore Meldung. Der war vor Freude kaum zu halten, ging auf jeden einzelnen zu, drückte die Hände, schlug auf die Schultern und bemerkte in der Dunkelheit nicht, daß einer gar kein Mann war. Sicher hätte ihn das in dieser Minute nicht einmal überrascht, bei der Zweiten war eben alles möglich. Den beiden Kapitänen gratulierte er zu ihrer vorbildlichen Leistung:

ben Sie prima gemacht, meine Herren, alle Achtung! Ich danke Ihnen. Das war hundertmal mehr wert als ein Abschuß, Schneider, worauf Sie ja schon so lange scharf sind, wie ich hörte.«
»Jawohl, Herr Oberstleutnant«, antwortete Schneider und rückte sogleich mit der Wahrheit heraus:
»Aber hierher gebracht hat uns eigentlich . . .«
»Weiß schon, mein Junge! Einer von den beiden Halunken dort. Ich kenne ja schließlich meine Pappenheimer. Hauptsache, daß ihr es alle geschafft habt!«
Sagte es und grinste den beiden Freunden fröhlich zu.

Gegen Mittag traf auch das technische Personal ein. Der Spieß berichtete, daß sie ohne Schwierigkeiten durchgekommen seien, ehe die vorwalzenden Panzer ihre Zange vor dem Gebirge schließen konnten. Es sei allerdings höchste Eisenbahn gewesen, viel später hätten sie nicht abfahren dürfen.

Ein geteilter Frühling

Der Frühling kam milder und lieblicher als in den Jahren zuvor. Es schien, als wolle die Natur den Menschen zur Besinnung rufen, daß er sich freue am Keimen und Blühen und vom Töten und Zerstören lasse. War dies nicht auch Frevel an ihr? Doch der Krieg hatte die Menschen abgestumpft. Sie sahen nicht das Schöne und suchten nicht wie die Natur den Neuanfang. Sie blieben verstrickt und verfangen im Werk des Zerstörens, weil sie nicht auf die Natur horchten, sondern der naturfeindlichen Maschinerie menschlicher Vorstellungen vom Leben und Lebenlassen gehorchten. Es hatte sich nichts geändert, seit Kain seinen Bruder Abel erschlug.

»Nirgends ist der Frühling schöner als zu Chause«, sagte Nadeschda.

»Schöner als hier, in der lieblichen mährischen Hanna?«

»Schöner, stärker, lebendiger. Du mußt wissen, das sind die Gegensätze unserer Natur. Der Winter ist ein Riese. Er kommt sehr kalt, bringt viel Schnee, deckt alles zu, meterhoch. Doch ganz plötzlich, fast über Nacht, ist aller Schnee dahin. Bäche werden Ströme, der Don schwillt zum breiten Meer, das Land wird grün und bunt weithin. So ist das in meiner Cheimat. Dauert alles nur wenige Tage. Und wie der Fluß, so schwillt das Cherz. Du fühlst in der Brust – Leben ist Glück. Du mußt erleben den russischen Frühling, Lieber, dann weißt du, was ich meine.«

»Hast du Heimweh, Nadeschda?«

»Ja, ich chabe Cheimweh. Mußt mich verstehen. Chier

leben, das ist ohne Sinn. Die Zeit bleibt stehen, auch der Mensch. Der Mensch braucht doch die Natur, die Natur braucht den Menschen. Was aber ist die Wirklichkeit? Mensch und Natur sind Feinde geworden. Sie führen auch Krieg gegeneinander wie die Menschen untereinander. Das ist nix gutt. War immer so schön zu Chause. Djeduschka ging mit uns hinaus zum Flüßchen, schnitzte Weidenchölzchen, machte kleine Flöten. Wir Kinder spielten Frühlingslieder auf Weidenflöten.«
»Ich kenne das. Auch bei uns war das so, es wird wohl überall so sein. Mußt Geduld haben. Vielleicht werden unsere Kinder wieder auf Weidenflöten die Lieder des Frühlings spielen. Unsere Kinder, Nadeschda!«
»Wer weiß«, antwortete sie, und ihre Augen sahen durch ihn hindurch.
Sah sie die spielenden Kinder? Er wagte nicht zu fragen, was sie jetzt dachte. Er fühlte, daß sie weit weg war und Frühling und spielende Kinder wohl nicht mit seiner, sondern ihrer Heimat verband. Das machte ihn traurig und erinnerte ihn an seine Machtlosigkeit. Er sah einen geteilten Frühling. Jetzt in den Frühling fliegen, dachte er, weg von hier, weg von allem, das den Frühling nicht sehen will. Doch den Mut, sich einzugestehen, in welchen Teil des Frühlings der Traumflug gehen sollte, hatte er nicht. Es war gut, daß Nadeschda ihn nicht danach fragte. In seiner Trauer und seiner Machtlosigkeit war er womöglich weich genug, ihr nachzugeben. Doch die Russin fragte nicht.
Sie gingen durch die Stadt, die ihm verändert vorkam seit dem vergangenen Jahr. Damals hatte er sich wie in irgendeiner deutschen Stadt gefühlt, heute spürte er an den

mißtrauischen, teilweise spöttischen Blicken der Menschen, daß sie Fremdlinge hier waren. Fremdlinge mochten die Deutschen wohl immer gewesen sein, doch sie hatten es nie bemerkt in der Stimmung der Eroberer, denen die Menschen willfährig begegneten. So war es in allen Ländern und Städten Europas gewesen, die er kennengelernt. Wenn es Ausbrüche von Haß und Widerstand gab, so hatten sie die nicht verallgemeinert, sondern so gesehen, wie eine geordnete Gesellschaft das Vorhandensein von Dieben und anderen Gesetzesbrechern als natürlichen Zustand sieht.

Heute fühlte er sich fremd in Proßnitz, nur deshalb noch geduldet, weil er ein Teil der Macht war, doch in der Duldung um so mehr gehaßt. Er sah und hörte zwei unverkennbare Zeichen. Ein Junge machte die Gebärde des Halsabschneidens, ein anderer rief laut auf der gegenüberliegenden Straßenseite die Worte »Hitler kaputt! Alle Faschisten kaputt!«

»Nix gutt chier«, sagte Nadeschda. »Laß uns zurückgehen.«

»Ja, es ist nicht mehr gut hier«, wiederholte er nachdenklich. »Aber das war wohl zu erwarten. Die Menschen mußten jahrelang kriechen vor uns, jetzt zeigen sie, was sie wirklich von uns halten. Wenn wir hier das Kriegsende erleben, wird noch einmal viel Blut fließen. Dieser zurückgedrängte Haß will sich entladen. Sie brauchen wohl auch diese Entladung, um ihr Selbstgefühl wiederzufinden.«

»Ich will nicht chier sein, wenn der Krieg zu Ende ist.«

»Das wirst du auch nicht.«

Sie betraten das Geschäft, das sie aufsuchen wollten. Er hatte ihr am Abend zuvor gesagt, daß er ihr Kleider kaufen wollte für den Tag, an dem es besser war, nicht mehr in der Uniform eines Soldaten der Luftwaffe herumzulaufen. Sie hatte ihn erstaunt angesehen, dann stumm genickt. Er hatte einen Freudenausbruch erwartet.

Als er dem Geschäftsinhaber seine Wünsche vortrug, antwortete dieser achselzuckend etwas auf Tschechisch. Natürlich verstand er ausgezeichnet deutsch wie wohl alle Geschäftsleute hier, die an den Deutschen jahrelang recht gut verdient hatten. Außerdem war Bernhard vor einem Jahr schon einmal in diesem Laden gewesen, um einige Geschenke einzukaufen. Da war er verstanden und überaus freundlich bedient worden. Daran erinnerte er jetzt den Tschechen, der indes keine Anstalten machte, ihn heute zu verstehen und zu bedienen.

»Der Herr hat über Nacht die deutsche Sprache verlernt«, sagte er zu Nadeschda.

»Vielleicht versteht er cheute russisch«, antwortete Nadeschda, lächelte den Tschechen freundlich an und sprach einige Sätze in ihrer Sprache.

Die Wirkung war verblüffend. Er hatte unter der Uniform weder die Frau noch die Russin vermuten können. Er brauchte sichtlich Zeit, um die doppelte Überraschung zu verkraften. Als sich sein Erstaunen gelegt hatte, beeilte er sich dienstfertig, ihre Wünsche zu erfüllen. Es sei ihm eine große Ehre, den Herrschaften zu dienen, betonte er auf Deutsch, verriet aber, daß er etwas Russisch beherrschte.

»Bereiten Sie sich sprachlich schon auf die neue Besatzungsmacht vor?« fragte Bernhard und lächelte ohne Spott.

»So ist es, mein Herr!«

»Wird sie besser sein als die alte?«

Der Tscheche sah ihn lange an. Doch als er den Deutschen ausreichend taxiert hatte, mochte er wohl der Meinung sein, offen sprechen zu dürfen. Leise sagte er:
»Ach, wissen Sie, mein Herr, das ist anders. Wir wollen überhaupt keine fremden Herren hier haben, weder Russen noch Deutsche. Wir wollen nur in Ruhe gelassen werden, einfach nur Tschechen sein und unter uns bleiben.«
»Das ist verständlich, uns geht es nicht anders. Aber Sie und ich, wir werden da wohl nicht gefragt, nicht wahr?«
Verwandelt wie die Stimmung des Tschechen war auch Nadeschda, als dieser alles vor ihr ausbreitete, was zu einer Frau gehört. Mit staunenden Augen betrachtete sie all diese Pracht und befühlte mit den Händen die weiche Unterwäsche, die seidenen Strümpfe, die bunten Kleider, die Röcke, die Hemden, die Blusen, die Tücher. Über was sollte sie sich mehr freuen, wo sollte sie mit der Auswahl beginnen? Hätte Bernhard sie nicht zurückgehalten, bestimmt hätte sie als erstes von allem ein blaues Abendkleid mit handgestickten Säumen gewählt. Dafür sei die Zeit wohl noch nicht reif, meinte er lächelnd. Doch der Tscheche schien sich besser in den Gefühlen einer jungen Frau auszukennen, die ihre modischen Sehnsüchte so lange zurückdrängen mußte.
»Sie kann es ja einmal anprobieren«, empfahl er.
Als Nadeschda wenig später im Abendkleid aus der Kabine kam, rissen der Deutsche und der Tscheche vor Staunen die Augen auf. Die Verwandlung vom Soldaten zur Frau war so verblüffend, daß es beiden die Sprache verschlug. Der Tscheche faßte sich als erster:
»Wunderschön! Sie ist eine Dame«, flüsterte er anerkennend und ging langsam im Kreis um Nadeschda herum.

Bernhard dachte fast ungläubig an die Zeit zurück, als er sie zum erstenmal gesehen, vor der Russenbaracke, in schäbiger Arbeitskleidung, mit dem einfachen Kopftuch. War das noch ein und dieselbe Person? Er brauchte Minuten, um seine Überraschung zu meistern, während sich die Russin vor dem großen Spiegel drehte und wohl selbst bestaunte. Ganz sicher wäre er töricht genug gewesen, ihr dieses Kleid zum Geschenk zu machen, das ihr wie maßgeschneidert am Leibe saß. Doch Nadeschda war die Klügere. Sie befand lakonisch: »Nix Dame!«
Dann suchte sie sich zur Unterwäsche, den Strümpfen und Schuhen einen einfachen, doch gut geschnittenen grauen Rock aus und zwei Blusen, eine weiße und eine bunte. Schließlich nahm sie noch ein großes kariertes Seidentuch, das auch als Kopftuch zu verwenden war.
»Das genügt«, sagte sie mit fester Stimme. »Mehr nix gutt, sonst muß ich reisen mit einem großen Koffer. Das ist verboten im Krieg. Später, vielleicht.«
»Dann also bis später«, rief er dem Tschechen nach dem Bezahlen zu und lachte ihn an.
»Nach dem Krieg«, antwortete der Tscheche und lachte zurück. »Sie sind immer gern bei mir gesehen.«
Bevor sie das Geschäft verließen, gab er mit ernstem Gesicht dem Deutschen und der Russin den Rat: »Bitte, seien Sie recht vorsichtig. Es ist viel Haß in unserem Volk, leider. Wenn der Krieg ein Ende hat, wird es nicht gut sein, wenn man zu den Deutschen gehört.«
»Ich kann es mir denken«, antwortete Bernhard. »Es wird auch noch viel Zeit vergehen, bis wir alle wieder Menschen sind. Doch wir werden es einmal erleben.«

Am Abend zog Nadeschda ihre neuen Sachen an, die Seidenstrümpfe, die Schuhe, den Rock und die bunte Bluse über den ungewohnten Büstenhalter. Er mußte den kleinen Spiegel aus dem Spind hochhalten, damit sie sich sehen konnte. Sie wiegte und drehte sich und war in ihrem Glück nicht aufzuhalten. Sie warf sich in seine Arme, küßte ihn und forderte ihn mit Blicken und Gesten wieder und wieder auf, sie in ihrer Weiblichkeit zu bewundern. Als hätte er das nie getan! Dann trällerte sie eine fröhliche Melodie und bat ihn, die anderen auf die Stube zu holen. Alle sollten sehen, wie schön Nadeschda war.
»Sie sollen sehen, daß ich eine Frau bin!«
Er tat ihr lachend den Gefallen und fühlte sich nie wieder so unbeschwert und glücklich mit ihr wie in dieser Stunde, da die Kameraden mit Staunen und Bewunderung die Verwandlung zur Kenntnis nahmen und der Russin jenen Tribut zollten, den sie in ihrem Selbstbewußtsein erwartet hatte. Viel später, als diese Liebe für ihn nur Erinnerung war, maß er jede neue Liebe seines Lebens an Nadeschda. Bei diesem Messen schien sie im Anfang zu verlieren. War aber die Verliebtheit dahin, so wechselte die Waagschale immer zugunsten der Russin. War sie wirklich so stark gewesen? fragte er sich dann. Oder waren es die Umstände gewesen, die sie im nachhinein so stark erscheinen ließen? Die Frage war nicht mehr zu beantworten, nachdem er die Geliebte verloren hatte. Es blieb nur der alles verklärende Glaube, daß Nadeschda ihm das Glück geschenkt hatte, das der Mensch nur einmal im Leben erfährt.
Schneider, ganz Anbetung, der Spieß, mit hängender Kinnlade, Hansi, die anderen, alle waren genauso sprachlos wie

er am Nachmittag im Geschäft. Werner fand als erster die Sprache wieder:
»Mann o Mann, das übertrifft alles. Jetzt fehlt bloß noch der Frieden.«
Für diese Worte bekam er einen Kuß von ihr.
Später, als sie allein waren und Bohnenkaffee tranken, den sie am Abend immer kochte, sagte sie:
»Du chast gechört, was der Tscheche gesagt chat!«
»Natürlich habe ich das gehört. Nichts Neues. Wir waren uns darüber immer im klaren, daß wir hier das Ende nicht abwarten wollen.«
»Es ist gutt, daß du sagst wir.«
»Was denn sonst? Ich sage immer wir.«
Als er aber Anstalten machte, sich auszuziehen, um ins Bett zu gehen, unterbrach sie ihn mit energischer Stimme:
»Nix schlafen jetzt. Wir müssen arbeiten.«
»Arbeiten? Warum denn das?«
»Du mußt jetzt lernen meine Sprache. Du chast lange keine russischen Wörter mehr gelernt.«
»Gut, aber doch nicht mehr heute. Ich bin müde, laß uns das lieber morgen tun.«
»Nix morgen, cheute. Nix müde. Der Krieg ist müde. Wenn er vorbei ist, mußt du russisch sprechen. Du weißt, warum!«
»Denkst du etwa an Gefangenschaft?«
»Ich meine nix Gefangenschaft. Ich chabe gechört im Radio, daß deine Cheimat besetzte Zone, wenn der Krieg aus ist. Dann wird Deutschland geteilt in vier Zonen. Die werden gechören den Amerikanern, den Franzosen, den Engländern und uns. Wo du zu Chause bist, da wird cherrschen

die sowjetische Besatzungsmacht. Verstehst du?«
»Bist du da sicher?«
»Natürlich bin ich sicher. Ist beschlossen auf Konferenz.«
»Ich verstehe, Nadeschda. Dann laß uns beginnen. Ich kenne ja schon viele Lieder von dir, ich weiß auch, daß *guljatj* spazierengehen heißt, *kuschatj* essen, *rabotatj* arbeiten, *kuritj* rauchen, *spatj* schlafen und *ljubitj* lieben. Ist schon eine ganze Menge.«
»Ist viel zu wenig. Du chast keine Zeit zum Spazierengehen und zum Lieben. Viel wichtiger ist zu wissen, was cheißt Krieg, Frieden, Freundschaft, Cheimat, Zuhause und Genosse. Das ist viel, viel wichtiger.«
»Dann fang an, Lehrerin!«
»Utschitjelniza.«
»Was heißt das?«
»Lehrerin.«
Von diesem Abend an gab ihm Nadeschda regelmäßig Unterrichtsstunden. Sie lehrte ihn auch die schwere kyrillische Schrift und verlangte, daß er alles Gelernte in ein Heft eintrug, das sie kontrollierte wie er Monate zuvor ihre Deutschhefte. Wenn sie allein waren, gebrauchte sie oft russische Worte und kleine Sätze und war eifrig darauf bedacht, daß er in ihrer Sprache antwortete. Er lernte schnell, daß Krieg *woina,* Frieden *mir,* Freundschaft *druschba,* Heimat *rodina,* nach Hause *domoi,* Genosse *towarischtsch* heißt und vieles mehr. Er lernte ihr zuliebe, erkannte aber im Lernen mehr und mehr den tieferen Sinn. Er ahnte, daß das Gelernte einmal nützlich werden sollte, um so mehr, da der Krieg von Tag zu Tag müder würde, wie sie es ausgedrückt hatte.

In seinem Müderwerden jedoch schlug der Krieg in den letzten beiden Monaten zu wie ein wildes Tier im Todeskampf.
Mehr denn je starben die Unschuldigen in größerer Zahl als die Schuldigen. Sinnlos war dieses Sterben vom ersten Tag an gewesen, nun war es von einer erschreckend unbegreiflichen Sinnlosigkeit, die ein Nachdenken über das Geschehen nicht mehr zuließ. Selbst die Einsichtigen und Nachdenklichen unter ihnen hatten das Sprechen darüber verlernt, das Handeln hatten sie nie gelernt.

Die Piloten des Geschwaders flogen weiter ihre Einsätze. Sie waren weniger geworden, nur die alten Hasen hatten sich noch gehalten. Doch auch die Einsätze wurden spärlicher, da der Sprit fehlte und die Munition. Daß bei dieser Lage an ihrer Front der Russe nicht schneller vorrückte, verstand keiner. Er hätte sie auch hier längst überrollen können, schien jedoch seine Kräfte nördlicher zu konzentrieren, um Berlin zu nehmen und mit den Amerikanern die Elbe zu erreichen. In der Stadt Proßnitz war der Haß so groß geworden, daß kein Soldat sich mehr hineinwagte. So warteten sie in der Hoffnung, bald von hier wegzufliegen; freilich gab es nur noch wenige Plätze, wo sie landen konnten. Das Gerücht machte den Unentwegten noch törichte Hoffnungen: Am Ende, hieß es, versammeln sich die Überlebenden in der Alpenfestung, um dort das große Wunder abzuwarten. Das Wunder hieß nicht mehr Wunderwaffe, sondern der Zusammenstoß der Russen und Amerikaner an der Elbe. In diesem neuen Krieg, so glaubten manche, würden sie dann Zuschauer und der lachende

Dritte sein. Ja, es gab sie, solche Wundergläubigen, die Hoffnungslosigkeit zu Narren werden läßt.
Mit Schneider verband ihn längst mehr als Kameradschaft. Er war der einzige, mit dem er manchmal von der Zukunft sprach, während Werner jedem Gespräch über das Kommende auswich und behauptete, das sei ein Irrgarten für Idealisten. Ein Idealist freilich war das Baby, doch keiner vom Schlage der Wundergläubigen.
»Wir werden bezahlen müssen für unseren Irrglauben«, sagte er einmal zu Bernhard und strich sich nachdenklich über seine dunklen dichten Haare. »Doch wenn die Rechnung beglichen ist, dann wird man uns wieder brauchen. Nicht umsonst sind wir Deutschen das Volk der Dichter und Denker.«
»Nur wir?« fragte Bernhard. »Liegt darin nicht auch schon wieder jene Überheblichkeit, die uns so weit gebracht hat?«
»Nun ja, nicht wir allein. Aber wenn du an Schiller und Goethe, an Schopenhauer und Kant denkst...«
»Soll ich nicht auch an Shakespeare und Locke, an Diderot und Zola, an Rousseau und Montesquieu, an Puschkin, Gorki und Tolstoi denken und wie sie alle heißen?«
Schneider blickte erstaunt auf, dann sagte er leise:
»Ich verstehe, was du meinst. Eigentlich sind ja auch die anderen Völker ein Volk von Dichtern und Denkern.«
»Eben.«
»Man sollte eigentlich damit aufhören, solche überlieferten Schlagworte nachzusprechen. Sie haben etwas Einengendes und Spezifizierendes, das uns daran hindert, in allem und überall das Schöne und Wertvolle zu sehen.«

»Das hast du gut formuliert, nur solltest du nicht so oft eigentlich sagen. Das ist schon wieder eine Einschränkung.«

»Ich glaube, uns haftet noch lange unsere völkische Erziehung an. Wir Deutschen reden so viel von Kant beispielsweise, aber wir leben ihn nicht. Du kennst doch seinen Kategorischen Imperativ? *Handle so, daß die Maxime deines Willens jederzeit zugleich als Prinzip einer allgemeinen Gesetzgebung gelten könne.*«

»Sicher, man kennt's. Man kennt auch das andere Sittengesetz. *Handle so, daß du die Menschheit, sowohl in deiner Person als in der Person eines jeden anderen, jederzeit zugleich als Zweck, niemals bloß als Mittel brauchst.* Man hat's uns ja in den Gymnasien eingepaukt. An Lehrsätzen und Maximen hat es uns nie gefehlt, was sie wert sind, siehst du ja. Die andere Person, andere Menschen, andere Rassen waren für die Deutschen nur Mittel. Angewendet haben wir das Gelernte nie, nur gehorcht haben wir, Befehle ausgeführt.«

»Wir müssen eben zu den Philosophen zurückkehren.«

»Wäre es nicht besser, neue Philosophen zu suchen, die uns handfeste Ratschläge für das tägliche Leben geben?«

Schneider kaute lange diesen Brocken. Dann antwortete er: »Weißt du, was ich nach dem Krieg werden möchte?«

»Ein neuer Philosoph?«

»Nein, einfach nur Lehrer. Ich möchte die Jugend erziehen. Ich möchte vor jungen Menschen unsere, meine Fehler bekennen und damit verhindern, daß sie die gleichen noch einmal machen. Wir sollten ganz klein und von unten anfangen.«

Schneider trug seit einigen Tagen stolz die bronzene Frontflugspange, wartete jedoch noch immer auf sein Eisernes Kreuz. Ganz unvermittelt kam nun sein Gedankensprung:
»Ich habe das todsichere Gefühl, daß es morgen kommt.«
»Was soll morgen kommen?« fragte Bernhard verwundert.
»Na, du weißt schon, das EK.«
»Ist es dir denn noch immer so wichtig?«
Das Baby wurde ein wenig rot bei dieser Frage.
»Nein, eigentlich nicht, jedenfalls nicht mehr so wie vor ein paar Monaten.«
»Und doch machst du ein Gesicht wie ein Junge am Tage vor der Bescherung.«
»Versteh mich bitte nicht falsch, aber wenn dieser Krieg einmal vorüber ist, dann fragt dich doch später bestimmt jeder, ob du dich damals auch ausgezeichnet hast. Wenn du dann sagst, du warst dabei, aber zum EK hat es nicht gereicht, ich weiß nicht...«
»Ich denke, du willst Lehrer werden? Wenn später einmal Schüler ihre Lehrer fragen, ob die aus dem Krieg auch das EK mitgebracht haben, dann hatten sie schlechte Lehrer. Nach dem Krieg sollte nur wichtig sein, daß sie sich selbst mitgebracht haben, und die verdammte Erkenntnis, daß Eiserne Kreuze beschämend sind angesichts der Millionen Holzkreuze.«
»Eigentlich...«
»Jetzt sagst du schon wieder eigentlich.«
Schneider schwieg. Es war ihr letztes Gespräch. Am nächsten Vormittag flogen sie zum Einsatz in die Umgebung

von Mährisch-Ostrau. Ein grauer, etwas kühler Tag, nachdem bis dahin täglich die Sonne geschienen hatte. Bernhard führte den Schwarm der letzten vier Flugzeuge seiner Staffel. Schneider flog seitlich hinter ihm als Kaczmarek, Werner flog mit einem anderen Piloten die zweite Rotte. Sie griffen mit Bordwaffen eine Infanteriestellung an, zogen auf zweihundert Meter hoch, kurvten um hundertachtzig Grad und setzten zum zweiten Angriff an, völlig ungestört von feindlichen Jägern und Bodenabwehr. Routine, nichts für alte Hasen. Im leichten Winkel von dreißig Grad schossen sie erneut auf die Stellungen und gingen wieder auf Höhe.

Doch nur drei Flugzeuge zogen hoch. Schneiders Maschine fing leicht ab, so, als wolle er im Tiefstflug weiter die Stellungen abfliegen. Als ihn Bernhard anrief, kam keine Antwort durch die Membrane. Die Maschine schien an Fahrt zu verlieren, setzte dann plötzlich wie bei einer harten Bauchlandung auf dem Boden auf. Kein Aufschlagbrand. Nur ein Aufprall und eine Wolke von Staub und Dreck.

Er biß die Zähne zusammen, bis die Kinnladen schmerzten und taub waren. Der Schmerz tat gut, er ließ die Tränen nicht aufkommen, die er fühlte. Er sah nicht nach vorn und nicht auf die Geräte. Er hing in der Steilkurve und starrte nach unten, als hoffe er, Schneider noch zu sehen. Die Steilkurve war eng und weich, ein gutes Ziel für die Vierlingsflak, hätte es die hier gegeben. Eine Steilkurve auch, zum Abschmieren einladend.

»Wolf zehn. Aufpassen.« Er hörte die Warnung in der Membrane, im gleichen Moment flog Werner schon dicht vorbei und drohte wütend mit der Faust.

Da drückte er nach, schob den Gashebel voll rein, flog dicht über die zerstörte Maschine Schneiders und schoß seine ganze Munition in die schwarze, zerschossene, unschuldige Erde Mährens, ohne einen Feind zu sehen, ohne auf einen Feind zu zielen. Ein sinnloses Schießen, eine sinnlose Wut, ein sinnloser Tod. Ja, ein sinnloses Leben.
Als sie gelandet waren, sagte Werner:
»Jetzt haben wir ihn doch nicht durchgekriegt.«
»Nein, das haben wir nicht.«
»Ich verstehe das nicht. Das Baby ist doch nicht absichtlich in den Boden gegangen?«
»Bestimmt nicht, Werner, ganz bestimmt nicht. Gestern haben wir noch von der Zukunft gesprochen.«
»Was meinst du? Ein Infanteriegeschoß?«
»Vermutlich. Der Iwan schießt doch mit Pistole und Gewehr, mit allem, was er hat, nach oben. Wir haben immer über diesen Unsinn gelacht. Aber manchmal trifft's halt doch.«
»Ausgerechnet der Schneider«, murmelte Werner vor sich hin.
»Wo bleibt denn Leutnant Schneider?« wollte der Commodore wissen, als sie sich zurückmeldeten.
Als sie schwiegen und zu Boden sahen, öffnete der Kleine seine linke Hand und blickte ratlos darauf. Auf der Hand glänzte es neu und frisch. Schwarzes Metall, grelles schwarz-weiß-rotes Band am Ring oberhalb, noch fleckenlos. Sie starrten alle auf das Kreuz, als hätten sie so etwas zum erstenmal gesehen. Es lag in der Hand wie eine bunte Kröte, die zum Sprung ansetzte.
»Ich wollte es ihm...«

Der Commodore brach den angefangenen Satz ab. Er ballte die Hand zur Faust wie ein Zauberer, der einen Gegenstand verschwinden lassen will. Als er die Faust wieder öffnete, war das Kreuz noch da. Der Commodore fragte, nur um etwas zu sagen:

»Was machen wir nun damit?«

»Lassen Sie es ihm nach Hause schicken, Herr Oberstleutnant«, antwortete Werner. »Leutnant Schneider hat einmal gesagt, ohne das Kreuz wolle er sich nicht zu Hause sehen lassen. So kommt doch wenigstens das Kreuz an, falls die Deutsche Reichspost überhaupt noch in Aktion ist.«

Die im Raum dachten alle an Schneider und trauerten um ihn. Daß Werner eben den dümmsten und sinnlosesten Ratschlag seines Leben gegeben hatte, wurde keinem bewußt. Vielleicht hatte auch keiner den Wortlaut so richtig mitbekommen, auch der Commodore nicht, der gedankenverloren nickte. Erst hinterher, als sie beide nach draußen gingen, erkannte Bernhard die Verlogenheit dieser Worte, die der Freund aber ehrlichen Herzens ausgesprochen hatte. Wenn er wenigstens dabei gegrinst hätte, dachte Bernhard. Er wollte es laut sagen. Er wollte noch vieles mehr sagen, doch er schwieg.

»Ich habe noch eine volle Flasche Doppelwacholder«, verriet Werner später.

»Dann laß sie uns trinken«, antwortete Bernhard.

Wenige Tage nach Schneiders Tod erwartete ihn Nadeschda abends, als er von einer Lagebesprechung zurückkehrte, zog ihn schnell in die Stube und schloß leise die Tür. Ihre Augen sahen ihn groß und dunkel an, ihre

Wangengrübchen hüpften vor Aufregung, ohne daß sie lachte. Fragend sah er sie an. Doch sie spannte ihn auf die Folter, warf sich an seine Brust und ließ ihn die Fingernägel im Rücken fühlen. Es war nicht die Liebkosung, mit der sie ihn sonst begrüßte, wenngleich es eine Liebkosung war. Ihre Brüste drückten weich und warm an seine Brust, er fühlte das schnelle Klopfen ihres Herzens. Dann riß sie sich los, trat zwei Schritte zurück und sagte, während ein Leuchten in ihren Augen war:

»Er ist tot.«

»Wer ist tot?«

»Chitler. Chitler ist kaputt, nix Führer mehr!«

»Was sagst du da? Ich komme eben von der Lagebesprechung, kein Wort ist davon gefallen. Woher weißt du das?«

»Woher ich das weiß! Durak! Ich chabe Radio gehört, eben. Unser Sender chat bekanntgegeben, daß Berlin erobert ist. Chitler chat sich vergiftet, ist tot wie eine Maus. Seine Leute chaben ihn mit Benzin überschüttet und verbrannt. Unsere Leute chaben ihn gefunden, als sie eroberten das Führerchauptquartier. Ist Tatsache. Du schweigst? Warum freust du dich nicht? Chitler kaputt, Krieg kaputt, nun freue dich doch!«

Freude? Er empfand keine Freude. Warum freust du dich nicht? dachte er. Sicher, jetzt mußte wohl dieser Krieg zu Ende sein, doch was hatte das Ende damit zu tun, daß sich dieser Mensch weggestohlen hatte, nachdem er ein ganzes Volk – ein ganzes Volk? nein Völker! – in den Tod getrieben hat? Freude über diesen Selbstmord, dazu wäre vor einem Jahr wohl Grund gewesen, wenn diese Herren

von und zu mit ihren Monokeln diesem Menschen eine Kugel in den Bauch geschossen hätten, anstatt klammheimlich eine Zeitbombe in seine Nähe zu legen und Reißaus zu nehmen. Damals hättest du dich gefreut, du und viele andere. Denn dann gäbe es heute Millionen Tote weniger auf der Welt, der Krieg wäre schon lange zu Ende, du wärest zu Hause, du und Nadeschda. Wem nützt es jetzt noch, daß er tot ist, weil er zu feige war, sich der Verantwortung zu stellen, er, der so viel von Verantwortung vor der Geschichte geredet hat? Nein, da ist nichts, das dich freut. Zu spät, viel zu spät...
»Koch uns Kaffee, Nadeschda«, antwortete er. »Es wird der letzte sein, den wir hier trinken. Morgen fliegen wir nach Pardubitz. Der Commodore will das Geschwader dorthin verlegen, damit wir näher beim Amerikaner sind, wenn der Krieg aus ist.«
»Fliegen wir?« Sie betonte das Wir.
»Natürlich, was sonst. Du fliegst mit mir. Ich lasse dich doch nicht mit dem Troß fahren.«
»Dann ist es gutt. Aber ich verstehe nicht, warum du dich nicht über die Nachricht freust.«
»Natürlich freue ich mich, daß der Krieg zu Ende ist.«
»Ich meine über Chitler!«
»Ach weißt du, über den habe ich mich noch nie gefreut. Vielleicht einmal als Pimpf. Was ändert das jetzt noch, ob er eine verkohlte Leiche ist oder in einem Affenkäfig hockt.«

Am nächsten Tag setzte sich das Geschwader nach Pardubitz ab. Die wenigen Flugzeugführer mit startklaren

Maschinen nahmen auf Anweisung des Commodore ihre ersten Warte mit, damit am neuen Zielflughafen die Maschinen sogleich versorgt werden konnten. Ein paar Stunden zuvor war das technische Personal abgefahren. Hansi war auch diesmal mit dem Rollentausch einverstanden gewesen. Er hatte nicht im fliegenden Sarg, wie er sich ausdrückte, sein Leben riskieren wollen. Nicht mehr jetzt, wo das Leben wieder Sinn zu bekommen schien.
Wiederum einen Tag später, also am dritten Tag, nachdem er von Nadeschda die Information über Hitlers Tod, die längst durch die Welt geeilt war, doch nicht so schnell durch den Dienstweg, erhalten hatte, ließ der Commodore das Geschwader zum Appell antreten und verlas einen Funkspruch von Dönitz, dem neuen Verweser des verwesenden Deutschen Reiches. Der Führer und Reichskanzler, lautete der Text, sei an der Spitze seiner Männer im heldenhaften Abwehrkampf um die Festung Berlin an vorderster Front gefallen.
Der Kleine verlas den Text mit schneller, gleichgültiger Stimme. Er zeigte keine Bewegung. Nach dem letzten Wort befahl er ohne eine Besinnungspause wegzutreten. Werner setzte sein breitestes Grinsen auf und kommentierte laut: »Ob die ihm jetzt wohl nachträglich die Nahkampfspange der Infanterie verleihen?«
Die es gehört hatten, lachten. Der Commodore ging schweigend weg. Neues hatten sie alle nicht vernommen, Gerüchte sind schneller. Sie gingen zur Tagesordnung über. Das Wort von der nahen Kapitulation spukte ohnehin in ihren Köpfen und war ein weitaus wichtigerer Gesprächsstoff.

Der Ruf des Kuckucks

Jenseits des Tales standen ihre Zelte – ja, steige auf, alte Lagerfeuerromantik der Jugendzeit! Sie hockten wieder vor der Glut wie einst. Knisternd verbrannte das trockene Holz, das sie nachschoben, es roch würzig und vertraut. Mit dem Holz verbrannten ihre Zweifel, doch nicht ihre Hoffnungen. Die stiegen auf mit dem Rauch bis zu den Sternen. Kleine Flammen züngelten aus der Glut und zerrissen die Nacht, die sanft und lieblich war. Hinter ihnen die Zelte, die sie am Nachmittag aufgeschlagen, weit dahinter die Angst und Erregung der letzten Tage und Stunden. Nun war alles gut geworden. Wenn Bernhard die Augen schloß, sah er im Schein des Feuers die vertrauten Gesellen von einst, in kurzen Lederhosen, mit den dunklen Jungenschaftsblusen, lange Mähnen in die Stirn hängend, ihre Lieder singend. Nichts anderes als das Damals bewegte ihn, nicht Gegenwart und Zukunft, sondern die Zeit, da er jung war und unbeschwert. Er zog Nadeschda fester an sich, als gehöre sie zu dem Damals, als er die Welt noch in seinen Träumen durchpflügt hatte.

Leise stimmte er das Lied von den *Wilden Gesellen* an, in das die anderen einfielen. Die vierte Strophe sang er allein. Sie schien ein Unbekannter für sie, die letzten der zweiten Staffel, erdacht zu haben:

Wenn uns einmal das Herze bleibt stehn / niemand wird Tränen uns weinen / leis' nur der Wind wird ein Klagelied wehn / drüber die Sonne wird scheinen / aus ist ein Leben in farbiger Pracht / zügellos drüber und drunter / Speier und

Spötter ihr habt uns verlacht / uns ging die Sonne nicht unter.
Sie schwiegen und lauschten den Versen nach. Er riß sich los vom Damals, suchte mit den Augen den Freund, der an Nadeschdas rechter Seite saß, wollte ihm etwas zurufen.
»Bis jetzt jedenfalls«, brummte ihm Werner zu.
Der Freund hatte ihm das Wort aus dem Mund genommen, eben das wollte auch er sagen und deutete es mit einem Kopfnicken an. Für die Russin gab es nichts zu rätseln, sie hatte verstanden, was beide mit dem »bis jetzt« meinten.
»Warum soll sie untergehen? Sie chat gestern geschienen, sie scheint cheute, sie scheint morgen.«
Es war der erste Abend im Lager. Camp hatte es der amerikanische Offizier bei ihrer Ankunft genannt. Freundlich grinsend, kaugummikauend, ihre Orden bestaunend, ihnen auf die Schulter klopfend, als seien sie nicht Feinde, sondern Gäste, die zu einer Party eingeladen waren. Er hatte gelacht, als sie ihm Schokakola als Gastgeschenk überreichten, hatte ›geantwortet‹ mit besserer Schokolade, ein paar Packungen Camel und Kaugummi, die er in der Pistolentasche verstaut bei sich trug, während dahinter ein gewaltiger Colt baumelte, wie sie ihn früher nur in Cowboyfilmen gesehen hatten. »Ein echter Ami«, hatte Hansi staunend geflüstert und ein paar Brocken Englisch hervorgekramt. Der Empfang war lässig und kameradschaftlich gewesen und hatte bestätigt, was sie sich bei ihren Zechgelagen ausgemalt hatten: Der Ami braucht uns!
Zusammen mit dem Offizier hatte sie der Commodore begrüßt, der von Pardubitz nach Pisek dem Geschwader vorausgefahren war, um, wie er angedeutet hatte, mit den

Amerikanern ein ernsthaftes Wort unter Soldaten zu reden. Bevor sie selbst Pardubitz mit ihren Lastwagen verlassen hatten, war Bernhard mit Nadeschda noch einmal zu seiner schwarzen Zehn gegangen, die startklar auf ihrem alten Platz stand. Seine Hand hatte den Propeller geklopft, wie man den Hals eines alten Rennpferdes liebkost, das sein letztes Rennen gelaufen war.
»Es kann uns noch nach Hause bringen«, hatte er zu Nadeschda gesagt.
Sie hatte lange die Antwort zurückgehalten, doch dann den Kopf geschüttelt.
»Nix mehr fliegen, Lieber. Nix mehr das Glück versuchen wie ein Spieler.«
Die Möglichkeit solch eines gewagten Fluges hatten sie auch im Kameradenkreis besprochen, doch die Frage nach dem Wohin war zu konturenlos, als daß sie ernsthaft erwogen wurde. Als schließlich der Commodore entschieden hatte, die Flugzeuge unversehrt dem Amerikaner zu übergeben, der sich mit Sicherheit revanchieren würde, hatten sie sich erleichtert gefühlt. Sie wollten keine neuen Lasten mehr auf sich nehmen, nun, da der Krieg vorbei war. Sie hatten das Wertvollste gerettet, das es gab, ihr Leben. Das wollten sie nach Hause tragen, auch wenn niemand wußte, ob es das Zuhause noch gab. Sie waren bereit, geschehen zu lassen, was geschehen sollte.
So hatten sie die Wagen bestiegen und Pardubitz hinter sich gelassen. Sie hatten unterwegs die Haßausbrüche der Menschen erlebt, die weißen oder roten Fahnen, die Transparente mit den Aufschriften *Hitler kaputt, Alle Nazis aufhängen, Das Tschechische Volk fordert Rache* unberührt

zur Kenntnis genommen, sie waren angegriffen und beschossen worden. Sie waren durchgekommen, nachdem ihnen einige amerikanische Jeeps entgegengefahren waren und das Zurückschießen für sie übernommen hatten. In einem kleinen Dorf hatten sie Rast eingelegt, um an einem Brunnen Wasser zu trinken. Als ein Kamerad einen Tschechen um einen Eimer gebeten hatte, hatte ihm dieser den Eimer ins Gesicht gekippt und verdammter Hitlerfaschist geschrien. Ein Amerikaner hatte dem Tschechen einen Fausthieb versetzt. Dieser Vorfall hatte sie einen Moment lang erstaunt, doch dann froh gemacht.

»Sie sind auf unserer Seite!« hatte jemand ausgerufen.

Singend waren sie nach diesem Erlebnis ins Camp gefahren. Der Krieg hatte ein gnädiges Ende genommen für sie. Sie durften die Orden behalten und die Waffen, sie fühlten sich nicht als besiegte Feinde. Der Kleine hatte also recht behalten. Selbst Bernhard hatte den Bazillus der Leichtfertigkeit in sich aufsteigen gefühlt und zu Nadeschda gesagt:

»Siehst du, wie sie uns empfangen? Die Amerikaner brauchen uns Deutsche eben doch.«

»Gegen wen?«

»Was weiß ich, gegen wen?«

»Du weißt genau, was die Kameraden meinen, wenn sie ›gegen wen‹ sagen!«

»Soll ich mir darüber Gedanken machen?«

»Ja, viel Gedanken machen. Es darf überchaupt nix mehr Krieg geben. Wirklich, du bist ein Durak, wenn du denkst wie die anderen.«

Da hatte er sie beschämt um Verzeihung gebeten, daß er rückfällig geworden war in der Laune des Augenblicks.

Leichtfertigkeit mußte Hochmut sein in dieser Stunde, und Hochmut kommt vor dem Fall. Wie, wenn die Amerikaner sie mit ihrer Freundlichkeit nur in guter Stimmung halten wollten? Wie, wenn sie nur fürchteten, die Bestie könnte im Todeskampf noch einmal um sich schlagen und sie treffen, die doch auch ihr Leben als wertvollstes Gut aus dem Krieg herausgetragen hatten? Wie, wenn ihr Grinsen das des Teufels war, der aber seine Maske noch lüften würde?

Doch der Schein hielt in den kommenden Tagen und damit die gute Stimmung im Camp. Ihre Wagen standen staffelweise wie Burgen hinter den Zelten, kleine Zelte, in denen zwei bis vier Männer Platz hatten. Er lebte mit der Russin in einem Zweierzelt. Das Camp befand sich auf einem großen Wiesenland voller gelber Kuhblumen. Im Norden begrenzten es die Straße und ein Sportplatz, auf dem die Amerikaner biwakten. Im Osten stieg das Wiesenland zu einem Hang auf, den eine Reihe junger Birken säumte. Im Süden breitete sich dichter Wald, von dem aus sich nach Westen zu ein See ausstreckte, in den ein kleiner Fluß mündete, der auf der anderen Seite den See wieder verließ, um später die Moldau zu erreichen.

Ein friedliches Bild, wären nicht die Panzer gewesen, die um das Camp herum zu einem stählernen Halbkreis aufgefahren waren. Sie seien allein zu ihrem Schutz, hatte der Offizier bei der Begrüßung erklärt. Das Wetter war warm und sonnig, auch nachts froren sie nicht in den Zelten. Hinter den jungen Birken ging täglich die Sonne auf, erreichte über dem Wald ihre Mittagshöhe und glitt am Nachmittag am See vorbei abwärts, die Richtung weisend, in der die Heimat war.

Mit Nadeschda ging er täglich spazieren. Also doch Zeit für ›guljatj‹! spottete er. Sie gingen am See entlang, am Waldrand, vorbei an den Panzern, deren Schützen ihnen zulächelten oder mit Rufen und anerkennenden Pfiffen bedachten, die jedoch der Russin galten, die nicht mehr die Uniform trug. Sie war nicht die einzige Frau im Camp, Luftwaffenhelferinnen und Blitzmädchen waren zu ihnen gestoßen und hatten sofort Anschluß gefunden, bei den Deutschen oder den Amerikanern. Keine aber erregte so viel Aufsehen wie Nadeschda in ihrem Rock und der bunten Bluse.

Am Birkenhang lagen sie Arm in Arm und ließen sich von der Sonne bräunen. Manchmal pflückte sie Blumen, wand sie zu Kränzen, die sie sich und ihm aufs Haupt drückte. Dann lachte sie auf und ließ ihre Wangengrübchen hüpfen. Von irgendwoher kam der Ruf des Kuckucks. Sie zählte mit, bei achtzig schwieg der Vogel.

»Achtzig«, rief sie aus.

»Wossimdjesjat«, bestätigte er auf Russisch.

»Gutt! Achtzig Jahre alt wirst du. Der Kuckuck hat es verraten.«

»Seltsam«, antwortete er. »Es ist der erste Kuckuck, den ich seit Jahren höre. Gab es im Krieg keine Kuckucks?«

»Nein, waren nix da. Chätten ihn etwa die Menschen fragen sollen, wie viele Jahre der Krieg noch dauert? Die Menschen chätten sich erschreckt, wenn er dreißig, vierzig oder gar achtzig Mal gerufen chätte.«

»Ein kluger Vogel, er weiß, daß nun Frieden ist.«

»Wir nennen ihn ›kukuschka‹. Weißt du, was wir ihn noch gefragt chaben, damals als wir Kinder waren?«

»Ich kann es mir denken, dasselbe wir wir. ›Kukuschka‹, wie viele Kinder bringt der Klapperstorch?«
»Sollen wir ihn jetzt fragen?«
»Besser nicht. Er hat heute einen langen Atem und verspricht uns zu viele.«
Sie lachte und warf sich in seine Arme. Sie küßte ihn, bis sie nach Luft ringen mußte, riß sich dann los und ließ sich den Abhang hinunterrollen wie ein übermütiges Kind. Von unten rief sie:
»Zu viele ist gutt! Ich weiß noch chundert schöne Namen.«
Abends badeten sie im See, der sich schnell durchwärmt hatte. Ohne sich abzutrocknen, rannten sie ins Zelt, wo sie sich mit Zärtlichkeiten überschütteten und Arm in Arm einschliefen. Oder sie setzten sich ans Feuer zu den anderen, lauschten ihren Gesprächen, sangen Lieder oder schwiegen. So gingen die wenigen Tage dahin, ein Urlaub zwischen Krieg und Frieden.

Doch der Schein wurde bald blasser, die Fassade der Hoffnung begann zu bröckeln. An einem Tag kamen russische Offiziere, inspizierten das Lager, machten sich Notizen und feierten am Abend lauthals mit den Amerikanern bei Wodka und Whisky. Bevor sie verschwanden, nahmen sie den besten Wagen mit, der im Camp war und den sie am Nachmittag ausgiebig bestaunt hatten, den neuen Kübelwagen des Commodore. Am nächsten Morgen fuhr ein Jeep durchs Camp. Zwei baumlange Farbige sammelten die Waffen der Deutschen ein. Zugegeben, mit höflicher Geste, doch sachlich und bestimmt, ohne indes zu kontrollieren, ob auch alle dem Aufruf nachkamen. Die meisten entledigten sich ihrer Pistolen und behaupteten, sie seien froh, das Zeug loszusein. Der Informationsoffizier, der sie am Kapitulationstag empfangen hatte, grinste bei ihrer Frage nach dem Sinn des Russenbesuchs und sagte, ohne sein Kaugummikauen zu unterbrechen, das sei ohne Bedeutung, nur ein Gegenbesuch unter Waffenbrüdern.

Am Nachmittag fuhr ein Kombiwagen ins Camp. Ein junger Offizier, dessen fließendes und akzentfreies Deutsch den Landsmann verriet, bat über Lautsprecher alle Campinsassen zu einer Versammlung und informierte sie nach einem Schallplattenkonzert mit flotten Swingweisen über die Lage in Deutschland und in der Welt. Doch es schien ihnen, daß es ihm weniger um Information ging, sondern mehr um die Schuld der Deutschen am Krieg und die daraus resultierende Wiedergutmachung, zu der alle Deutschen verpflichtet seien. Das waren nun Neuigkeiten nur für die, die nie nachgedacht hatten und seit Tagen Traumgespinsten nachhingen. Die allerdings verflogen zusehends, nachdem viele zum erstenmal von Besatzungszonen, Besatzungsmächten und von der Bestrafung nicht nur der Kriegsverbrecher, sondern aller Nazis hörten, auch der Nazisoldaten, wie der Offizier betonte. Nach seiner Rede forderte er auf, Fragen zu stellen.

Die kamen nur spärlich. Was die meisten wissen wollten, mündete in die eine Frage, wann sie endlich nach Hause kämen und ob sie Gelegenheit hätten, ihre Siebensachen mitzunehmen.

»Das ist leicht zu beantworten«, erklärte der Offizier mit ernstem Gesicht. »Ihr bekommt alle Zucker eingeblasen, dann schicken wir jedem ein Taxi für die Heimfahrt.«

Deutliche Worte. Einige lachten, die meisten schwiegen betreten. Bernhard hörte hinter sich jemand flüstern:
»Habt ihr euch mal die Nase von dem Kerl richtig angeguckt? Ich wette, das ist ein Jude.«
Also noch immer das alte Lied, dachte Bernhard. Ehe er Antwort geben konnte, sagte Werner:
»Na und? Dann geh mal hin und gratuliere ihm. Viele von denen habt ihr Waldheinis ja nicht übriggelassen.«
»Was habe denn ich damit zu tun?« behauptete der Schwätzer.
»Vielleicht mehr, als du denkst«, schimpfte ärgerlich der Freund. »Vor allem, wenn du so dämlich daherquatschst. Warum soll er denn kein Jude sein?«
»Ich meine ja nur ...«
»Eben, du meinst ja nur. Ihr habt alle nur gemeint.«
»Ich war jedenfalls kein Nazi, wenn du das meinst.«
»Wahrscheinlich ist das hinterher überhaupt keiner gewesen.«
Der Offizier hatte eine Glenn-Miller-Platte aufgelegt. Als sie abgelaufen war, erklärte er die Versammlung für beendet, forderte jedoch alle auf, bei Einbruch der Dunkelheit wieder herzukommen. »Wir zeigen euch dann einen hübschen Film mit Zarah Leander und Heinz Rühmann. Ihr werdet viel Spaß haben. Kostet keinen Eintritt, Kinder zahlen die Hälfte.«
Am Abend war eine Leinwand aufgespannt. Doch sie sahen keinen Film mit Rühmann und der Leander, sondern eine Bildfolge von deutschen Städten oder von dem, was einmal deutsche Städte waren. Das war ernüchternd genug, doch die Ernüchterung sollte sich noch vollenden.

»Dies war der Kulturfilm«, behauptete der Offizier mit leichtem Spott, »und der Hauptfilm folgt zugleich.«
Sie sahen Filmszenen aus Konzentrationslagern, die unmittelbar nach der Befreiung durch die Amerikaner entstanden waren. Sie sahen, und wohl zum erstenmal in ihrem Leben, die Bilder des Schreckens und die Dokumente einer Schuld. Massengräber, Leichenberge, Myriaden von menschlichen Knochen, ausgemergelte und vom Tod gezeichnete Männer, Frauen, Kinder, in deren Gesichtern nur die Augen noch zu leben schienen, Stacheldraht, Todesbaracken, Gaskammern, Verbrennungsöfen, aber auch die stumpfen Fratzen der Schergen und Mörder. Sie sahen in das seelenlose Innere einer Maschinerie der Vernichtung, von der viele geahnt, wenige gewußt, vor der aber alle die Augen und Ohren verschlossen hatten. Sie sahen das Unbegreifbare und wurden stumm.
»Das war nur eine kleine Vorstellung«, erklärte der Offizier mit ausdruckslosem Gesicht. »Unsere russischen Freunde können euch eine noch größere Vorstellung bieten. Die meisten Konzentrations- und Vernichtungslager befanden sich nämlich im Osten. Sicher habt ihr von Auschwitz gehört. Nach unseren Schätzungen wurden über sechs Millionen Juden vergast. Im Krieg sind über fünfzig Millionen Menschen umgekommen. Ich danke euch.«
Sie gingen auseinander wie in Trance. Es war gut, daß es jetzt dunkel war. So sahen sie die Augen des anderen nicht. Es war nicht gut, jetzt die Augen des anderen zu sehen. Es schien, als wichen sie einander aus. Nur wenige blieben beieinander und versuchten, gemeinsam mit dem Gesehenen fertig zu werden. Dabei wurde mehr geschwiegen als

gesprochen. Erst nach langen Minuten sagte Werner: »Das kann man doch nicht uns anlasten. Die können doch nicht Unrecht mit Unrecht vergelten. Ich war ein kleiner Soldat, der gehorchen mußte. Ich war nicht einmal in der Partei. Ich bin kein Mörder.«
»Ich auch nicht, Werner«, antwortete Bernhard. »Unsere Schuld aber ist es, daß wir mit den Mördern an einem Tisch saßen und das Brot mit ihnen teilten. Davon kann ich mich nicht einmal selbst freisprechen.«
»Glaubst du jetzt noch, daß sie uns brauchen oder einfach nach Hause schicken?«
»Nein.«
»Verdammt, dann sind wir in die Falle gegangen.«
»Mit Singsang und Gloria.«
»Mann o Mann, vom Regen in die Traufe.«
»Ich chabe Angst, furchtbare Angst«, sagte Nadeschda leise. »Was chaben die Deutschen getan! Warum?« Erst jetzt bemerkte Bernhard, daß sie weinte.
Er zog ihren Kopf an seine Brust, um sie zu beruhigen. Werner hatte nicht auf die Worte der Russin gehört, er spann seinen Faden weiter.
»Wir haben jetzt nur noch eine Chance.«
»Haben wir wirklich noch eine?«
»Wir müssen uns durchschlagen. Der Iwan kam nicht von ungefähr ins Lager, du hast ja gesehen, wie er alles kontrolliert und aufgeschrieben hat. Auch der Ami hat sich klar genug ausgedrückt. Der liefert uns aus. Das war furchtbar, was wir da gesehen haben, doch ich will nicht für die anderen büßen. Ich haue ab.«
»Das wird ein schwerer Brocken. Im Wald lauern ver-

mutlich die Tschechen, die legen uns erbarmungslos um.«
»Hast du etwa Angst?«
»Angst nicht, aber ...«
»Kein Aber! Wir haben beide noch die Pistolen, wir müssen das riskieren. Ein paar kommen bestimmt mit. Morgen organisieren wir das, und in der Nacht marschieren wir, Richtung Böhmerwald und weiter nach Bayern. Irgendwo besorgen wir uns Zivil und etablieren uns fürs erste als Landarbeiter. Wir haben all die Jahre Glück gehabt, warum soll es diesmal schiefgehen? Oder?«
»Gut, Werner. Morgen bei Nacht.«
»Ich chabe Angst«, wiederholte Nadeschda, als sie allein waren. Sie gingen ins Zelt, zogen sich aus und schmiegten sich eng aneinander, als suchten sie Schutz vor der Welt draußen. Langsam versiegten ihre Tränen. Sie ließ sich von ihm streicheln und küssen und gab die Liebkosungen zurück. Sie waren allein in ihrer Liebe. Sie vergaßen den Abend, der Hoffnungen zerstört hatte, und dachten nicht an den neuen Tag. Sie dachten nicht, sie fühlten nur noch den warmen Körper des anderen und atmeten den Hauch des anderen ein. Sie waren allein im Zelt, und das Zelt segelte mit ihnen davon bis zu einer Wolke, die am Himmel stand.
»Ich liebe dich«, flüsterte Nadeschda.
»Ich liebe dich«, antwortete er.
»Ich bin deine Frau«, sagte sie, und ihre Stimme war fest. »Du sollst mich jetzt lieben, wie ein Mann seine Frau liebt. Jetzt sollst du mich ganz lieben, bitte.«
Er fragte nicht, warum sie jetzt die Grenzen öffnete, er wußte, daß die Zeit reif war. Sie waren Mann und Frau, sie begehrten sich. Sie waren gereift für diese Stunde. Er nahm

sie, und sie gab sich ihm hin, zärtlich und leidenschaftlich zugleich, ein Körper, ein Glück, das sie zu zerreißen drohte. Und im Glück, das kam und wiederkam wie die Gezeiten, weinte und lachte sie, es war aber das Weinen ein Lachen und das Lachen ein Weinen, die Nacht hindurch bis in den Morgen.

Am Morgen war er dann doch eingeschlafen, körperlos, schwerelos, noch immer auf der Wolke, die am Himmel hing. Er träumte aber den Sekundentraum, daß er einem Vogel gleich dahinflöge und die Russin flöge mit ihm. Unter sich sahen sie den großen Strombogen des Don, und sie rief ihm zu, daß die Heimat nahe sei. Als er aber hinunter zur Erde wollte, war Nadeschda kein Vogel mehr. Er hörte das Dröhnen des Motors, sah die Propellernabe, blutigrot wie bei den Jags des Stalingeschwaders. Er rief ihren Namen, doch da stießen schon die Leuchtspurgeschosse in seinen Leib und zerrissen ihn. Er stürzte in die Tiefe und hörte noch im Stürzen, daß sie seinen Namen rief. Als er aufschlug, wachte er auf, schweißnaß, und erkannte, wo er war.

»Nadeschda!« rief er aus.

Die Russin kniete im Zelteingang, durch den die rote Sonne hereinflutete, die hinter den Birken aufgegangen war. Sie lächelte ihn an, doch in ihren Augen war Trauer, die ihn erschrecken ließ.

»Du bist schon aufgestanden?« fragte er.

»Ja, ich bin aufgestanden, weil es Zeit ist. Ich chabe im See gebadet, nun will ich gehen.«

»Du willst gehen? Wohin? Warum hast du plötzlich das Kopftuch umgebunden? Nadeschda?«

Der Name kam wie ein Schrei von seinen Lippen. Mit dem Schrei aber erkannte er in ihrem Gesicht das Unabänderliche, das er nicht zulassen wollte. Er zog sie an sich, packte sie fest an den Armen mit schmerzenden Griffen.
»Ich lasse dich nicht weg, du darfst nicht weg. Wir gehören zusammen, Nadeschda. Nach dieser Nacht erst recht und für immer.«
Noch einmal weinte sie an seiner Brust. Ihr Haar duftete frisch nach dem Bade und war noch feucht. Im Duft ihrer Haare aber lag der Geruch der Trennung, deren Sinn er nicht begreifen wollte.
»Nadeschda, Nadeschda«, stammelte er. »Geh nicht weg. Du bist mein Leben, ich liebe dich.«
Sie lächelte unter Tränen und im Schmerz. Ihr Gesicht glich in diesem Lächeln dem einer Madonna. Das war nicht mehr das kindhafte Gesicht unter dem Kopftuch wie damals, als er sie zum ersten Mal gesehen hatte. Es war ein Gesicht, fremd, doch vertraut zugleich, das die Liebe und die Reife, das Glück und der Schmerz, verändert hatten. Das Gesicht einer Frau, seiner Frau, in das er zum letzten Mal sehen sollte. Dies begriff er nun im Nichtbegreifenwollen.
»Nadeschda«, wiederholte sie, und ein neues, anderes Lächeln schien den Schmerz wegzuschieben. »Du sagst Nadeschda, weißt du denn überchaupt, was das cheißt?«
»Wie sollte ich das nicht wissen? Was meinst du?«
»Nadeschda cheißt Choffnung, Lieber. Euer Wort Choffnung cheißt bei uns in Rußland Nadeschda. Vergiß das Wort niemals.«
»Nadeschda, meine Hoffnung!«
»Ja, Choffnung, die wird immer bleiben, solange wir leben.

Aber ich muß jetzt gehen. Du mußt mich verstehen, darfst mich nix mehr zurückchalten. Ich will in meine Cheimat. Ich will nix mehr weglaufen vor denen, die meine Sprache sprechen, ich bin Russin, verstehst du? Wo du zu Chause bist, dort kann ich nix glücklich werden. Mir zerbricht das Cherz, du weißt das, aber ich muß. Lebe wohl, mein Lieber, mein Mann. Ich danke dir für deine Liebe, du chast gerettet mein Leben. Du wirst immer in meinem Cherzen sein.«
Noch einmal preßte sie sich an ihn, küßte seinen Mund, riß sich jäh los und ging davon. Er hielt sie nicht zurück, er wußte, daß er sie nun nicht mehr halten konnte. Sie mußte wohl ihren Weg gehen. Sie ging festen Schrittes, blickte sich nicht mehr um. Er sah ihr nach, bis er sie nicht mehr erkennen konnte. Sie verschwand zwischen den Birken und ging der Sonne entgegen. Die Soldaten an den Panzern hielten sie nicht auf, da sie die Richtung ging, wo die Russen waren. Das war nicht ihre Angelegenheit. Sie hatten nur darauf zu achten, daß keiner die andere Richtung nahm.
Geblendet schloß er die Augen, die nur noch in die rote Sonne gestarrt hatten. Er hatte Nadeschda verloren, für immer. Noch einmal rief er ihren Namen, dann preßte er seinen Kopf in das Gras, das noch feucht war vom Tau des Morgens.
In derselben Stunde, die meisten lagen noch in ihren Zelten und schliefen, kam über Lautsprecher die Nachricht von der Übergabe. Nur wenige hörten sie, gaben sie weiter, die meisten wollten sie nicht fassen und sprachen von einer üblen Latrinenparole. Über ihr Schicksal aber war längst entschieden worden, die Tage im Camp waren ein Zwischenspiel gewesen, das falsche Hoffnungen genährt hatte.

Nach dem Beschluß der Yalta-Konferenz, so kam es über Lautsprecher, gehörten alle Kriegsgefangenen – kein Wort mehr von Kapitulanten, sie waren Kriegsgefangene! – der Ostfront dem russischen Verbündeten und dürften nicht mehr im Bereich der Westalliierten verbleiben. Alle Militär- und Zivilpersonen im Camp sollten sich daher für die Übergabe bereithalten, die am nächsten Morgen, am 18. Mai um acht Uhr, vollzogen werde.
Bernhard nahm die Nachricht gleichgültig hin, ebenso gleichgültig auch die Andeutung des Informationsoffiziers, daß der russische Verbündete alle Kriegsgefangenen nach einer Überprüfung in einem größeren Sammellager nach Hause schicken werde. Nicht noch einmal sich einfangen lassen vom freundlichen Schein! Er blieb auch gleichgültig, als der amerikanische Offizier, mit dem der Commodore vor der Kapitulation verhandelt hatte, die Piloten des Geschwaders zu einer Besprechung bat und ihnen eröffnete, sie könnten bei Anbruch der Dunkelheit das Lager verlassen, er habe seinen Wachen die entsprechenden Anweisungen gegeben. Der Oberst strahlte Wohlwollen aus und sagte etwas von Gentleman's Agreement, das nur für die Piloten gelte und ein Dank dafür sei, daß sie ihre Flugzeuge unversehrt übergeben hätten.
Bernhard ließ die Gruppe der diskutierenden Kameraden stehen und ging langsam über die Wiese zum Birkenhang. Es waren nun zwei Stunden vergangen, seit Nadeschda diesen Weg genommen hatte. Zwei Stunden, die ihn verändert hatten. Er sah nach Osten und griff mit der Hand an die junge Birke, die sich sanft anfühlte wie die Haut der Geliebten. Er pflückte eine kleine Gerte ab, zog sie leicht

durch die Handfläche, um sie Blatt für Blatt zu entblättern. Eine Birke wie diese hier, dachte er, steht zu Hause im Garten der Eltern. Die Blätter fielen zu Boden, das letzte behielt er in der Hand, die er zur Faust ballte. Er ließ es fallen, als der Freund zu ihm trat, dessen Kommen er nicht bemerkt hatte. Werner grinste wie immer und sagte:
»Fragst du das Orakel?«
»Glaubst du an Orakel?«
»Natürlich. Mir hat es gesagt, daß es Zeit ist. Wir müssen uns entscheiden. Es bleibt doch dabei?«
»Sicher bleibt es dabei. Heute nacht marschieren wir, mit oder ohne Zustimmung des Ami. Hast du einen Haufen beisammen, auf den man sich verlassen kann?«
»Alles geklärt. Die haben ja fast alle noch ihre Pistolen. Wir werden uns schon durchschlagen.«
»In Ordnung.«
»Okay, old boy«, antwortete Werner. »Aber wohin mit Nadeschda? Ist das Unternehmen nicht zu gefährlich für sie?«
Bernhard sah am Freund vorbei in die Sonne. Sekunden hielt er ihr stand, dann schloß er geblendet die Lider. Als er sie wieder öffnete, waren sie feucht.
»Verdammte Sonne!« sagte er mit heiserer Stimme. Dann setzte er hinzu: »Vor zwei Stunden ist sie gegangen. Sie wird wohl jetzt schon bei ihren Leuten sein.«
»Was sagst du da? Sie ist gegangen? Sie hat sich abgesetzt?«
»Was denn sonst? Sollte sie den Weg mit uns noch einmal gehen? Wer weiß denn, wo unser Weg endet.«
»Mann o Mann, das haut mich um!«
Sie setzten sich ins Gras und schwiegen. Sie sahen dem

Treiben zu, das im Camp herrschte. Die Kameraden rannten umher wie ein Bienenschwarm, verbrannten in den Feuern ihre Sachen, die sie nicht mitschleppen konnten, machten sich bereit für die Flucht oder für die Übergabe. Alles wirkte irgendwie sinnlos. Nach einer Weile sagte der Freund:
»Vielleicht ist es besser so. Diese Flucht, das ist nichts für eine Frau. Die Russen werden ihr sicher keine Schwierigkeiten machen.«
»Warum auch? Sie ist ja eine von ihnen, sie spricht ihre Sprache, sie wird ihren Leuten schon ihre Lage klarmachen. Nadeschda ist zurückgekehrt, wo sie hingehört.«
»Und du?«
»Was heißt und du. Es geht allein um sie.«
»Sie hätte sich wenigstens verabschieden können.«
»Sie hat es getan. Sollte sie auch euch zeigen, wie ihr zumute war? Ich soll dich grüßen. Ein großer Bahnhof wäre wohl unpassend gewesen, oder?«
»Schon gut!«

Am Abend gingen sie in kleinen Trupps an den Panzern vorbei. Nicht nur sie, die Piloten, auch viele andere. Die Wachen schienen es nicht so genau zu nehmen, sie grinsten ihnen nach. Das hätte sie eigentlich warnen müssen. Sie kamen nicht weit, und keiner kam durch. Hinter dem Wald liefen sie in die plötzlich aufleuchtenden Scheinwerfer der auf sie lauernden Tschechen, die mit Gewehren und Maschinenpistolen auf sie schossen. Alles deutsche Beutewaffen. Der Krieg war seit zehn Tagen zu Ende, jetzt spielten die Tschechenjungen Krieg und schossen auf die

Flüchtenden. Sie hatten wohl mit Überfällen unterwegs gerechnet, doch nicht mit dieser Massierung, die zu einem Gemetzel führte, bei dem einige Kameraden ihr Leben verloren, die den Krieg überstanden hatten.
Sie flohen zurück in die Sicherheit des Camps, begrüßt vom spöttischen Grinsen der Wachtposten.
»Das war eine astreine Falle«, fluchte Werner.
»So also trügt der Schein«, antwortete Bernhard. »Wir sollten niemals wieder dem Schein trauen. Wir wollen uns daran gewöhnen, daß wir auslöffeln müssen, was wir uns selbst eingebrockt haben.«
»Ich fasse nie wieder so ein Ding an«, schwor Werner und warf seine Pistole in den See. »Und wenn ich später einmal sehe, daß Kinder mit Waffenzeug spielen, dann haue ich ihnen den Hintern voll.«

* * *

Es gibt nichts mehr zu erzählen. Was alles noch geschah, liegt außerhalb der Geschichte von der Russin Nadeschda und dem Deutschen Bernhard, deren Liebe stärker war als der Krieg. Sie wollten eine Brücke bauen von Ufer zu Ufer, von Volk zu Volk, doch der Strom des Zeitgeschehens riß die Brücke ein, weil zwei Menschen zu wenig sind, die Brücke auszubauen und zu sichern.
Am Morgen des 18. Mai begann der Weg in die Kriegsgefangenschaft, auf dem bald ihr Stolz zerbrach, den die meisten noch als schwere Last mit sich trugen. Der Commodore machte da seine eigene Erfahrung. Am ersten Marschtag nach Osten gefielen einem jungen russischen

Soldaten die weichen, juchtenledernen Offiziersstiefel des Oberstleutnant. Strahlend vor Freude packte er danach, um sie, wie vorher schon andere, dem Deutschen von den Beinen zu ziehen. Das ging dem Kleinen an die Offiziersehre. Er trat mit dem freien Bein zu, der Russe flog nach hinten. Das war zuviel für den Sieger, er griff nach seiner MP, entsicherte und hätte den Kleinen über den Haufen geschossen, wäre er nicht von einem besonnenen Genossen zurückgehalten worden. Der deutete auf die MP, blickte den Commodore an und sagte ›dawai‹. Da zog der Kleine freiwillig die Stiefel aus, gab sie dem Russen und marschierte auf Strümpfen weiter.

Nun mag die gebrochene Offiziersehre manchem sogenannten Gemeinen ein Erlebnis gewesen sein, das zur Schadenfreude gereicht. Es machte aber auch mancher Gemeine seine Erfahrungen. So ging ein älterer Obergefreiter am ersten Tag der Gefangenschaft auf einen russischen Offizier zu und erklärte ihm nicht ohne Stolz und des Wohlwollens gewiß, er sei ja gar kein Nazi gewesen.

»Ich war Kommunist, Genosse Towarischtsch«, rief er aus und schlug sich an die Brust.

Der russische Offizier aber, der gebrochen deutsch sprach, gab dem braven Obergefreiten eine Ohrfeige und einen Tritt in den Hintern.

»Nix Genosse!« antwortete er. »Du Kommunist? Du lügen! Warum du Krieg gegen Sowjetunion, wenn Kommunist?«

Da schwieg der Deutsche beschämt.

Ja, jeder machte eigene Erfahrungen, schon auf dem langen Hungermarsch bis zum ersten Auffanglager bei Böhmisch-

Rudolitz. Bernhard hütete sich daher, Worte wie *towarischtsch* oder *druschba* zu benutzen, die ihn Nadeschda gelehrt hatte. Fürs erste war es genug zu wissen, daß Frieden *mir*, daß Krieg *woina* heißt und daß er nichts weiter war als ein *woina plenni*, ein Kriegsgefangener wie alle. Denn es war auf sie zurückgefallen. Alle waren sie mitschuldig gewesen.

Er marschierte mit den anderen in die Lager, stieg später in die vergitterten Waggons, fuhr in das Land der Russen, in das sie einst als Eroberer eingefallen waren. Weiter als bis dahin, wo Nadeschda zu Hause war, für Jahre seines Lebens ein *woina plenni*, für den Nadeschda Hoffnung war, doch nicht Hoffnung auf Liebe, sondern Hoffnung auf *domoi*, auf die Heimkehr. Nur für diese einzige Hoffnung reichten in diesen Jahren die Kraft und die Sehnsucht. Er sprach das Wort aus, wenn der Wind am Stacheldraht sein Lied summte, leise, traurig, oder grell und schneidend am Hochsteinbruch jenseits des Ural. Er sprach das Wort Hoffnung, ohne an das Mädchen zu denken.

Das Lied für Nadeschda
(nach einer alten russischen Melodie)

Tief und schwer die Wolken hängen,
Regen weint mir ins Gesicht.
Langsam gehe ich ins Dunkel
Und wohin – das weiß ich nicht.

Irgendwo hör' ich ein Lachen,
All mein Glück ist nun dahin.
Meine Sehnsucht ist gestorben,
Seit ich nicht mehr bei dir bin.

Deiner Lippen feuchtes Glänzen,
Deiner Augen dunkler Schein.
Und der Duft von deinen Haaren,
Werden nicht mehr bei mir sein.

Alles habe ich verloren,
Und die Heimat mit dazu.
Rastlos muß ich weiterziehen,
Ohne Freude, ohne Ruh'.

Durch die Lande, durch die Meere,
Windzerzaust und unbekannt.
Bis der Schnee mich eingefroren,
Oder Sonne mich verbrannt.

Tief und schwer die Wolken hängen,
Regen weint mir ins Gesicht.
Langsam gehe ich ins Dunkel,
Und wohin – das weiß ich nicht.

Inhalt

Sicher möchten Sie auch die spannende Fortsetzung dieses Buches kennenlernen.

Heiner Simon
Das Lied der Wolga
Roman
312 Seiten, Leinen

»Als in kalter Winternacht ein Boot im Treibeis der Wolga kentert, kann sich Bernhard Haussmann, einer von vielen Kriegsgefangenen, auf eine Eisscholle retten. Seine abenteuerliche Flucht über Tausende von Kilometern beginnt. Mit diesem Roman hat der Wolfsburger Journalist eine Geschichte geschrieben, die er, wie er selbst sagt, ›im wesentlichen erlebt hat, auch wenn manches unwahrscheinlich anmutet. Ich habe lediglich den Fluchtkreis eines Jahres etwas erweitert‹.
Bernhard Haussmann, der Kriegsgefangene auf dem Weg nach Hause ins heimatliche Dessau, trifft Wolgadeutsche, Zigeuner und Juden, er begegnet Russen, Ukrainern und Persern, er lernt ihre Güte, aber auch ihr Unberechenbarkeit kennen. Die russische Seele ist für ihn mehr als nur ein Schlagwort, er hat sie erfahren und kann dem Leser etwas von seinen Erfahrungen mitteilen.
Heiner Simons Erzählstil wechselt von lyrischer Eindringlichkeit zu reportagehafter Härte. Immer aber ist es ein spannender Handlungsfluß, der dem Leser neben menschlichen Aussagen auch noch Zeitgeschichte vermittelt, allgemein Gültiges über die Stalinzeit.«
Niedersächsische Allgemeine

Heiner Simon, Jahrgang 1922, wuchs im Anhalt'schen (Bernburg und Dessau) als Sohn eines Dorfschulmeisters auf. Im Krieg war er Pilot der Luftwaffe und mußte – wie viele andere auch – dieser »verlorenen Zeit« noch einige Jahre Kriegsgefangenschaft anhängen.
Nach dem Studium der Germanistik und Geschichte in Halle und Ostberlin sowie einer kurzen Lehrtätigkeit an der Humboldt-Universität wechselte er 1953 nach Niedersachsen. Hier arbeitete er als Gerichtsreporter, Satiriker (Psyeudonym Bernhard Stade beim Simplicissimus), Pädagoge und Redakteur.
Heute wohnt Heiner Simon in Gifhorn und arbeitet freiberuflich als Schriftsteller und Journalist.